Die drei ???® *Kids*

Fußball-Alarm

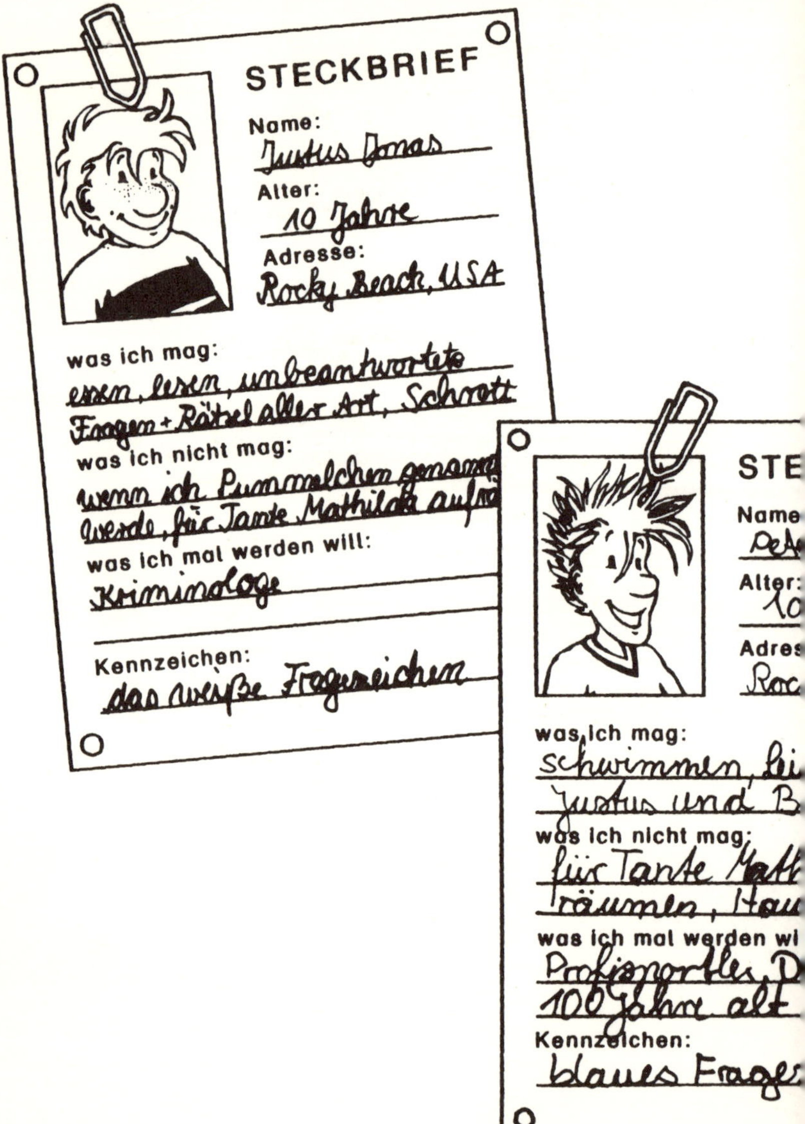
STECKBRIEF
Name:
Justus Jonas
Alter:
10 Jahre
Adresse:
Rocky Beach, USA
was ich mag:
essen, lesen, unbeantwortete Fragen + Rätsel aller Art, Schrott
was ich nicht mag:
wenn ich Pummelchen genann
werde, für Tante Mathilda aufrä
was ich mal werden will:
Kriminologe
Kennzeichen:
das weiße Fragezeichen
STE
Name
Alter:
10
Adres
Roc
was ich mag:
schwimmen,
Justus und B
was ich nicht mag:
für Tante Math
räumen, Hau
was ich mal werden wi
Profisportler, D
100 Jahre alt
Kennzeichen:
blaues Frage

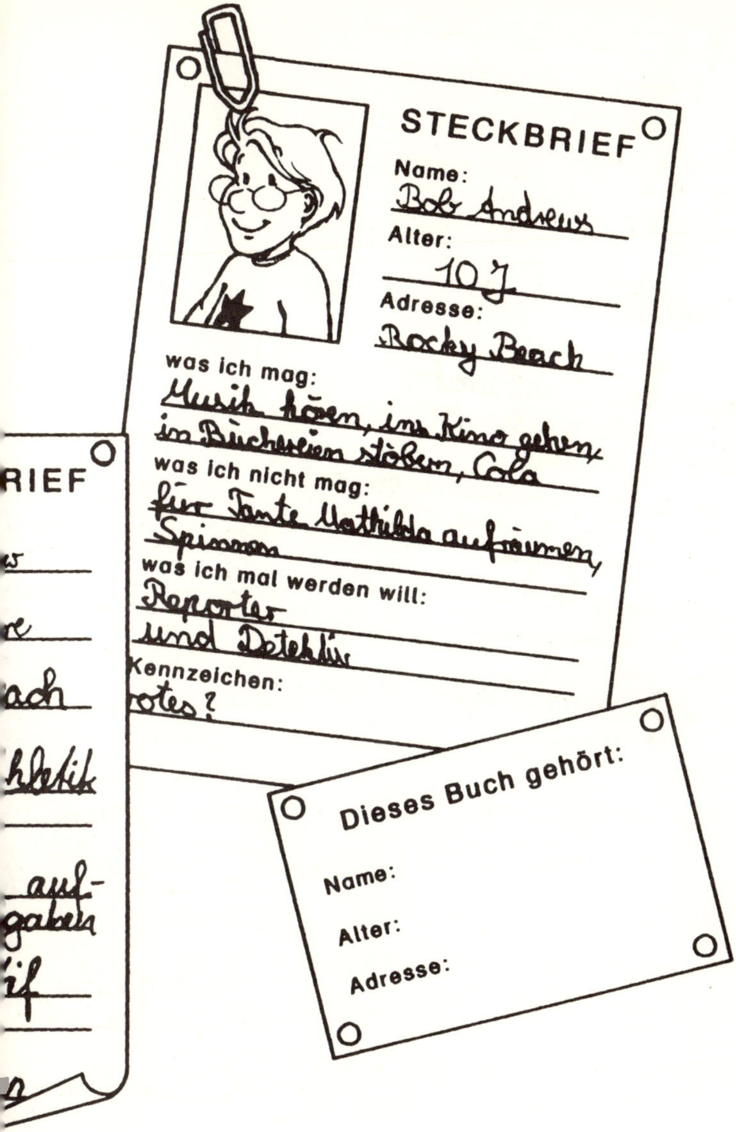

STECKBRIEF
Name:
Bob Andrews
Alter:
10 J.
Adresse:
Rocky Beach
was ich mag:
Musik hören, ins Kino gehen,
in Büchereien stöbern, Cola
was ich nicht mag:
für Tante Mathilda aufräumen,
Spinnen
was ich mal werden will:
Reporter
und Detektiv
Kennzeichen:
RIEF
Dieses Buch gehört:
Name:
Alter:
Adresse:

Ulf Blanck, 1962 in Hamburg geboren, hat neben seinem Architekturstudium jahrelang in einer Theatergruppe gespielt und dabei sein Interesse für Bühnenstücke und das Hörspiel entdeckt. Heute arbeitet er als Moderator, Sprecher und Comedy-Autor bei verschiedenen Hörfunksendern. ›Fußball-Alarm‹ ist ein neues spannendes Abenteuer mit dem berühmten Detektivtrio Justus, Peter und Bob – für jüngere Leser ab 8 Jahren!

Die drei ???® *Kids*

Fußball-Alarm

Erzählt von Ulf Blanck

Mit Illustrationen von Stefanie Wegner

und Kim Schmidt

Deutscher Taschenbuch Verlag

Weitere ›Die drei ???® *Kids*‹-Bände sowie das gesamte lieferbare Programm von dtv junior finden sich unter www.dtvjunior.de

Ungekürzte Ausgabe
3. Auflage 2013
2011 Deutscher Taschenbuch Verlag GmbH & Co. KG, München

Umschlagkonzept: Balk & Brumshagen
Umschlagbild: Stefanie Wegner und Timo Müller
Satz: Fotosatz Reinhard Amann, Aichstetten
Gesetzt aus der Advert 11/18'
Druck und Bindung: Druckerei C. H. Beck, Nördlingen
Gedruckt auf säurefreiem, chlorfrei gebleichtem Papier
Printed in Germany · ISBN 978-3-423-71450-1

Fußball-Alarm

Schrottmorgen

Es war noch sehr früh in Rocky Beach. Die ganze kleine Stadt träumte dem anbrechenden Tag entgegen. Auch Justus Jonas hatte sich in seinem Kissen vergraben. Durch das offene Fenster wehte angenehm etwas kühle Luft ins Zimmer und bewegte die dünne Gardine leicht hin und her. Die ersten Vögel begannen zu zwitschern.

Plötzlich wurde Justus von einem fürchterlichen Geräusch geweckt. Erschrocken riss er die Augen auf und hielt entsetzt die Luft an. Es war ein lautes, metallisches Scheppern. Glas splitterte und dazwischen mischte sich das Dröhnen von Motoren. Langsam näherte sich Justus dem Fenster, schob die Gardine zur Seite und wollte seinen Augen nicht trauen: Mitten auf dem Schrottplatz stand ein großer Bagger und hob mit einem riesigen Greifarm alte Kühlschränke und rostige Autoteile auf einen Lkw.

Ungläubig rannte Justus die Holztreppe hinunter ins Erdgeschoss, öffnete die Tür zur Veranda und

prallte direkt gegen Onkel Titus. »Was ist denn hier mitten in der Nacht los?«, keuchte er und starrte auf den Schrottplatz. Onkel Titus kratzte sich nervös am Kopf. »Tja, es nützt nichts. Auf dem Gelände war einfach nicht mehr genügend Platz. Es ist an der Zeit, dass ich mich von einem Haufen überflüssiger Schrottteile trenne.« Justus verstand die Welt nicht mehr. »Moment, du hast doch immer gesagt, dass das alles Wertstoffe sind, oder?« Verlegen nippte sein Onkel an seinem Kaffee. »Nun ja, das stimmt ja auch. Der Baggerfahrer lädt ausschließlich Metall auf. Später wird das Ganze eingeschmolzen und wiederverwendet. Vielleicht machen sie schöne Fahrräder daraus. Die fangen ganz schön früh an.«

In diesem Moment kam auch Tante Mathilda aus der Küche. »Richtig! Endlich kommt mal Ordnung in das Chaos. Von mir aus können die gleich alles mitnehmen.« Unaufhörlich ließ der Baggerfahrer den schweren Greifarm in die Schrottberge krachen. Alles landete auf dem Lastwagen: ausgediente Backöfen, Computergehäuse, Motorhauben, Regenrinnen und leere Ölfässer.

Justus musste sich erst einmal setzen. »Und was ist mit den guten Sachen?« Onkel Titus beugte sich zu ihm herüber. »Keine Angst«, sagte er leise. »Die habe ich natürlich in Sicherheit gebracht.«

Seine Frau hatte trotzdem alles mit angehört. »Titus, du brauchst gar nicht zu flüstern. Dein Schuppen mit dem Lieblingsschrott ist beim nächsten Mal dran.« Doch das meinte sie nicht wirklich so. Im Schuppen lagerte Onkel Titus alles, was ihm im Laufe der Jahre ans Herz gewachsen war. Zuletzt hatte er dort die ›original‹ Trockenhaube von Marilyn Monroe verstaut.

Unterdessen grub sich der Bagger immer tiefer in die Schrottberge und schon bald musste ein zweiter Lastwagen auf das Grundstück fahren. Schweigend betrachteten Onkel Titus und Justus, wie auf dem Lastwagen ein altes Motorrad unter rostigen Blechplatten begraben wurde. Justus fuhr bei jedem lauten Geräusch des kräftigen Greifarms ein Schauer über den Rücken. Seit er fünf Jahre alt war, wohnte er hier und der Schrottplatz war längst sein Zuhause geworden. Seine Eltern waren damals bei einem Unfall ums Leben gekommen.

»Onkel Titus«, begann er etwas wehmütig. »Das bleibt doch hier aber nicht so, oder? Ich meine, so ein leerer Schrottplatz ist doch total langweilig.« Sein Onkel legte ihm die Hand auf die Schulter und nahm einen letzten Schluck Kaffee. »Ach was! Wirst sehen, in ein paar Wochen ist alles wieder wie vorher. Ich habe gerade im Internet ein ausrangiertes Forschungs-U-Boot ersteigert. Erzähl das aber bloß nicht so laut!« Tante Mathilda bekam diesmal nichts davon mit, denn sie bereitete in der Küche das Frühstück vor. Gerade als sie mit einem Tablett nach draußen trat, fuhren Peter und Bob mit ihren Rädern durch den großen Torbogen auf den Hof. Beide glotzten mindestens genauso ungläubig auf den Bagger wie zuvor Justus. Bob lehnte sein Rad gegen einen alten Kühlschrank und ging auf die Veranda zu. »Was wird das denn? Wird der Schrottplatz entrümpelt?« Peter stellte sein Rad neben das seines Freundes. »Oder zieht ihr etwa um?«

Bei dem Gedanken an einen Umzug durchzuckte es Justus kurz, doch dann musste er zum ersten Mal an diesem Tag lachen. »Quatsch! Denkst du, dann würden wir den ganzen Schrott mitnehmen?« Anschließend erzählte er ihnen von den Absichten seines Onkels. Bob nahm seine Brille ab und blickte über den Platz. »Eigentlich gar nicht schlecht. Wenn alles weg ist, können wir hier eine Fahrradrennstrecke aufmachen.« Bei diesem Wort sprang Peter plötzlich auf. »O nein! Unsere Räder! Schnell!« Jetzt erkannte es auch Bob: Mit einem lauten Zischen öffnete sich der Greifarm des Baggers und war kurz davor, ihre beiden Räder mitsamt dem Kühlschrank zu zerquetschen. Peter schoss wie ein Pfeil auf den Baggerführer zu. »Halt! Warten Sie! Nicht die Räder!« Verwundert stoppte der Mann hinter den Hebeln den Greifarm. »Ja, was denn nun? Ich denke, alles soll weg. Hopp oder topp? Ich bin hier nicht zum Spaß!«

EFC Rocky Beach

Wütend schob Peter die Räder beiseite. Onkel Titus war genauso aufgebracht und ging auf den Baggerführer zu. »Mann! Ich habe Ihrem Boss doch genau gesagt, was wegsoll und was nicht! Nur das hier in der Mitte bis zu dem Baum dahinten. Da hab ich ja richtig Angst, Sie allein arbeiten zu lassen.«

»Du willst weg, während der hier alles abräumt?«, wunderte sich Justus, als sein Onkel zurückkam.

»Ja, ich habe einen Termin in der Stadt. Vor zwei Tagen rief mich ein Notar aus Rocky Beach an. Er sagte, dass er mit mir etwas zu besprechen hätte.«

»Vielleicht geht es um eine Erbschaft«, überlegte Bob.

»Unsinn. Niemand aus meiner Verwandtschaft ist in der letzten Zeit gestorben – zum Glück. Nein, es wird sich wohl mal wieder um irgendwelchen Behördenkram handeln.« Doch Justus' Neugierde war geweckt. »Können wir nicht mitkommen? Eigentlich wollten wir heute baden gehen, aber so ein Termin beim Notar hört sich spannend an. Ich kann mich da an einen anderen Fall erinnern ...« Onkel Titus überlegte einen kurzen Augenblick. »Hm, na schön. Wenn ihr unbedingt eure Ferien mit so langweiligen Sachen verbringen wollt – von mir aus. Vielleicht gar nicht mal so schlecht, wenn ihr hier wegkommt. Am Ende schnappt euch noch der verrückte Baggerfahrer mit seiner Kralle.«

Doch Tante Mathilda hatte etwas dagegen. »Moment! Und was ist mit dem Frühstück? Ich steh doch nicht umsonst in der Küche! Erst wird gegessen!«

Eilig schmierten sie sich Brote, stürzten den heißen Tee hinunter und rannten dann zum alten Pickup von Onkel Titus. »Halt! Ihr habt die Äpfel für unterwegs vergessen!«, rief sie ihnen hinterher. Doch es war schon zu spät – ohne die Äpfel bogen sie auf die Küstenstraße in Richtung Rocky Beach. Dicht gedrängt hockten die drei ??? auf der Rückbank. Die Klimaanlage des Wagens war schon lange kaputt und so kurbelten sie alle Scheiben herunter. Je näher sie der Stadt kamen, desto voller wurden die Straßen. Schließlich bog Onkel Titus in die John Street ein. »So, hier muss die Kanzlei des Notars sein. Er heißt Randolf Mulligan. Dort ist es! Nummer vierundvierzig – wir sind da.«

Wenig später saßen alle vier im Wartezimmer des Notars. Eine Dame mit viel zu süßem Parfüm bot ihnen etwas zu trinken an. »Einen kleinen Augenblick Geduld, meine Herren. Mister Mulligan ruft Sie gleich herein.« Nach zehn Minuten öffnete sich am Ende des Flurs eine schwere Holztür und ein kleiner Mann im karierten Anzug trat heraus. »Kommen Sie! Kommen Sie bitte.« Etwas unsicher folgte Onkel Titus dem Notar. »Äh, ich habe mir etwas Verstärkung mitgebracht. Ich hoffe, das geht in Ordnung?«

»Kein Problem, Mister Jonas. Kein Problem. Bitte nehmen Sie Platz. Bitte Platz zu nehmen!«

Die Dame schob noch drei weitere Stühle ins Besprechungszimmer. »So, Mister Jonas. Ich will es kurz machen: Sie haben geerbt. Geerbt sozusagen.« Onkel Titus sah den Notar mit großen Augen an. »Geerbt? Wer ist denn gestorben?«

»Und vor allen Dingen, was hat er denn geerbt?«, platzte es aus Bob heraus.

»Nur der Reihe nach. Der Reihe nach. Der Verstorbene ist ein gewisser Otto Kautzer. Verstorben vor drei Wochen in Europa. In Europa also.«

»Otto Kautzer?«, wunderte sich Onkel Titus. »Das sagt mir überhaupt nichts.«

»Sie müssen anscheinend mit ihm zur Schule gegangen sein. Vor etlichen Jahren, hier in Rocky Beach. In Rocky Beach sozusagen.«

»Ah, Moment. Jetzt erinnere ich mich. Otto Kautzer – so ein Dicker. Genau, der dicke Otto. Jetzt weiß ich es wieder.«

»Sehen Sie. Und der hat Sie in seinem Testament

bedacht.« Onkel Titus runzelte die Stirn. »Seltsam. Der dicke Otto hat mich damals gehasst. Später ist er tatsächlich mit seinen Eltern nach Europa ausgewandert. Wieso hat der mich nach all den Jahren zum Erben eingesetzt?« Mit einer großen Geste faltete der Notar einen Briefbogen auseinander. »Also, hiermit verlese ich das Testament. Das Testament also: *›Ich, Otto Kautzer, erkläre bei klarem Verstand und freiem Willen mein Testament: Im Falle meines Ablebens vererbe ich all meine Besitztümer in Europa dem IFF – dem Internationalen Förderverein des Fußballs. Diese Besitztümer haben einen Gesamtwert von ca. zwölf Millionen Euro.‹«*

Onkel Titus klappte die Kinnlade herunter.

»*›All meine Besitztümer in den USA hingegen gehen an Titus Jonas, wohnhaft in Rocky Beach.‹«*

Bob hielt es nicht mehr aus: »Nun sagen Sie schon, was er alles geerbt hat!«

»Nur die Ruhe – das kommt ja jetzt. Kommt jetzt sozusagen: *›Zum einen erbt er das Gelände, auf dem sich sein jetziger Schrottplatz befindet. Titus Jonas hat es von meiner Gesellschaft gepachtet. Wahr-*

scheinlich weiß er gar nicht, dass er mir schon seit jeher die jährliche Pacht zahlt.‹«

Onkel Titus kratzte sich nervös am Hals. »Es stimmt: Das Gelände habe ich nur gepachtet – also gemietet. Ich zahle die Pacht an die OK Immobilien-Incorporation.« Justus knetete die Unterlippe. »OK? Na klar: Das heißt Otto Kautzer!«

»Du hast recht. Aber was will der von mir? Otto führt mit diesem Testament etwas im Schilde. Lesen Sie weiter, Mister Mulligan!«

»Gut. Weiter. Also weiter: *›Zum anderen erbt Titus Jonas den EFC Rocky Beach.‹«*

»EFC Rocky Beach?«, unterbrach jetzt Peter. »Was ist das denn nun schon wieder?« Der Notar blickte in seine Unterlagen. »Das ist die Abkürzung für: Erster Fußballclub Rocky Beach.«

»Ein Fußballverein?«, riefen alle gleichzeitig.

»Genau. Ein richtiger Verein. Mit Namensurkunde, Eintrag ins Vereinsregister und einem Vereinsvermögen von – warten Sie – von zwei Dollar und vierzig Cents, sozusagen.«

Onkel Titus schüttelte verärgert den Kopf. »So ein

Spinner! Hören Sie, Mister Mulligan: Den Verein kann er behalten – das Grundstück nehme ich natürlich an.«

Doch der Notar blickte wieder in seine Unterlagen. »Tut mir leid, so einfach hat es Ihnen der Verstorbene nicht gemacht. Das Erbe des Grundstücks ist an eine Bedingung geknüpft. Also geknüpft.«

Für einen kurzen Moment war es still im Raum. »Die Bedingung lautet: ›*Titus Jonas wird das Grundstück nur erben, wenn er innerhalb von sechs Tagen mit dem EFC Rocky Beach siegreich aus einem Fußballturnier gegen eine Stadtauswahl hervorgeht. Das Turnier muss von ihm organisiert werden und nur die alten Mitspieler des EFC dürfen gemäß der Satzung antreten. Gewonnen hat die Mannschaft, die in zwei Spielen die meisten Tore schießt. Verliert der EFC, dann ist der Pachtvertrag gekündigt und das Grundstück von Titus Jonas wird meistbietend verkauft. Das Geld wird unter den Spielern der Gewinnermannschaft aufgeteilt. So, mein lieber Titus, das ist meine Rache an dich. Den Tag, als du uns den Sieg verdorben hast, habe ich nie vergessen. Leb wohl, du blöder Sack!*‹«

Der dicke Otto

Mit diesen Worten legte der Notar das Testament auf den Schreibtisch. »Äh, und was heißt das jetzt genau?«, fragte Onkel Titus verunsichert.

»Nun, das will ich Ihnen sagen. Also sagen sozusagen: Sie müssen mit dem EFC ein Fußballturnier auf die Beine stellen und gewinnen. Falls Sie verlieren, dann wird Ihr Grundstück verkauft.«

»Aber so viel Geld für den Kauf bekomme ich doch niemals zusammen!«

»Tja, dann wird sich wohl ein anderer dort niederlassen. Tut mir leid, aber so steht es im Testament. Sollten Sie das Testament nicht annehmen, wird der Pachtvertrag sofort gekündigt. Gekündigt, ja.«

Kraftlos sank Onkel Titus in den Sessel. »Also gewinnen oder das Haus verlassen.«

Jetzt erst wurde Justus bewusst, was das alles bedeutete. »Moment, wir sollen wegziehen?« Seine beiden Freunde waren genauso entsetzt.

»Ja, das heißt es wohl. Kommt, wir fahren nach Hause. Ich muss die Sache erst einmal verdauen.«

Der Notar gab ihm noch einen Stapel Unterlagen mit. »Ich wünsche Ihnen viel Glück, Mister Jonas. Das wird anscheinend das Spiel Ihres Lebens. Ihres Lebens sozusagen.«

Auf der Rückfahrt sagte keiner ein Wort.

Als alle wenig später wieder den Schrottplatz erreichten, hatte der Baggerführer gerade eine Pause eingelegt. Er saß auf einem alten Heizkessel und aß Butterbrote. Fast der halbe Platz war leer geräumt.

Mit hängendem Kopf berichtete Onkel Titus die ganze Geschichte seiner Frau. »Tja, so ist es, Mathilda. Wir haben keine andere Wahl. Wir müssen uns wohl ein neues Zuhause suchen.«

Verwirrt tupfte sich Tante Mathilda mit ihrer Schürze die Stirn ab. Minutenlang blickte sie schweigend über den Platz. Doch dann blitzten plötzlich ihre Augen auf. »Nichts da! So leicht lassen wir uns nicht vertreiben – und schon gar nicht von so einem dicken Otto. Wir nehmen die Herausforderung an. Wir suchen die alte Fußballmannschaft des EFC zusammen und gewinnen dieses verdammte Spiel!«

Jetzt ballte auch Justus die Faust. »Richtig! So schwer kann das ja wohl nicht sein. Der dicke Otto bekommt einen Tritt in den Hintern!«

Peter und Bob waren von ihren Plätzen aufgesprungen und blickten gespannt auf Onkel Titus. »Das ist nett gemeint, Jungs. Aber es gibt drei Dinge, die gegen einen Sieg unserer Mannschaft sprechen: Erstens sind die Spieler von damals genauso alt wie ich. Zweitens weiß ich nicht, wie man so ein Turnier auf die Beine stellt. Und drittens hat keiner von uns Ahnung von diesem komischen Fußball. Wer spielt in Amerika schon Fußball? Wenn es um Baseball oder Football ginge – na dann vielleicht. Aber so?«

Justus ließ sich nicht beirren. »Na und? Beim Fußball muss ein Ball ins Tor geschossen werden – den Rest der Regeln können wir nachlesen.«

Erschöpft nahm Onkel Titus einen Schluck Wasser. »Otto Kautzer, dieser Idiot! Keiner aus der Schule konnte ihn leiden.«

»Was ist denn damals passiert?«, fragte Justus. »Wieso war der Typ so sauer auf dich?«

»Nun, ich erzähle euch die Geschichte.« Onkel Titus holte tief Luft. »Ottos Eltern waren stinkreich. Sie kamen aus Europa und hatten in Kalifornien haufenweise Dollars verdient. Ottos Vater hatte irgendwann die Idee, einen Fußballverein zu gründen. Keiner aus der Schule hatte aber große Lust dazu. Wie gesagt, wer spielt schon Fußball in Amerika? Erst nachdem er jedem eine Menge Geld versprochen hatte, bekam Ottos Vater eine Mannschaft zusammen. Ich glaube, mit den ganzen Ersatzspielern waren es über zwanzig Leute. In Rocky Beach wurde sogar ein richtiges Fußballturnier auf die Beine gestellt. Der dicke Otto durfte natürlich gleich als Mittelstürmer im EFC spielen. Und das, obwohl er keine hundert Meter am Stück laufen konnte. Egal. Irgendwann kam der Tag des Endspiels. Ottos Vater hatte einen riesigen Pokal gestiftet.«

»Aber was hattest du denn nun damit zu tun?«, fragte Justus ungeduldig.

»Das will ich euch sagen. Eine Viertelstunde vor dem Endspiel verknackste sich der Schiedsrichter den Fuß. Das Spiel schien gelaufen. Doch dann kam irgendeiner auf die Idee, Streichhölzer im Publikum ziehen zu lassen. Tja, und wie der Zufall es wollte: Ich zog den Kürzeren und musste den Schiedsrichter machen. Dabei hatte ich keine Ahnung von den Regeln.«

Bob rutschte auf seinem Stuhl hin und her. »Und wie ging's dann weiter?«

»Also, es war in der letzten Spielminute. Es stand unentschieden 3:3. Plötzlich stand der dicke Otto ganz frei vor dem gegnerischen Tor. Kein Wunder, denn der bewegte sich kaum dort weg. Mit seinen Glubschaugen glotzte er verwundert den Lederball an. Sein Vater schrie: ›Nun schieß doch!‹ Und dann schoss Otto. Der Ball prallte gegen die Latte, dann auf den Boden und anschließend wieder ins Spiel-

feld. Otto schmiss sich auf den Boden und brüllte: ›Tor! Tor! Tor!‹ Doch ich nahm meine Trillerpfeife und pfiff das Spiel ab.«

»Und du hast kein Tor gegeben?«, fragte Justus.

»Nein, der Ball kam vor der Linie auf. Ich habe das genau gesehen. Der dicke Otto hatte sich verguckt. Tja, der war ganz schön sauer. Er hat mich angebrüllt wie ein Wilder. Da habe ich ihm die Rote Karte gezeigt. So viel wusste ich zumindest von den Regeln. In der anschließenden Verlängerung hat dann der EFC das Spiel verloren. So war das. Anscheinend hat Otto Kautzer die Sache nie vergessen. Und jetzt will er es mir heimzahlen.«

Volltreffer

Tante Mathilda goss jedem Saft in die Gläser. »Das kann uns alles egal sein. Haus und Hof stehen auf dem Spiel. Wir müssen uns der Herausforderung stellen.« Justus leerte sein Glas in einem Zug. »Das sehe ich genauso. Fußball spielen kann jeder. Als Erstes brauchen wir einen Fußball.« Onkel Titus stand auf und ging zu seinem Schuppen mit dem Lieblingsschrott. »Wartet, ich glaube, ich habe irgendwo noch einen herumliegen.« Die drei ??? folgten ihm voller Tatendrang. Anschließend durchwühlten sie in dem staubigen Schuppen die Regale. Die Trockenhaube von Marilyn Monroe stand immer noch genau in der Mitte. Plötzlich wurde Peter fündig. Aus einer Kiste mit altem Krimskrams beförderte er einen braunen Lederball zutage.

»Der ist ja platt wie eine zerdrückte Kartoffel«, bemerkte Bob. »Wir brauchen eine Ballpumpe.« Auch so etwas fand sich schließlich in dem Gerümpel. Schnell war der Ball aufgepumpt und Justus hob

ihn in die Luft. »Damit sind die Fußballspiele von Rocky Beach eröffnet.« Peter nahm ihm den Ball ab. »Gib mir mal!«, lachte er und schoss das Leder in hohem Bogen aus dem Schuppen. Alle rannten hinterher. Tante Mathilda brachte vorsichtshalber die Gläser in Sicherheit. Peter stellte seinen rechten Fuß auf den Ball. »Just, du bist Torwart und stellst dich zwischen die beiden Wäscheständer. Ich werde dir das Ding reindonnern.«

»Versuch's doch!«, lachte Justus und spuckte in die Hände. »Du wirst leichter durch eine Betonmauer schießen können.« Peter nahm Anlauf und erwischte das Leder mit der Fußspitze. Zusammen mit einem kleinen Grasbüschel jagte der Ball in Richtung Tor.

»Den hast du, Just!«, brüllte Bob und hielt sich die Brille fest. Justus riss die Arme nach oben, sprang hoch und wurde dabei von der Sonne geblendet. Mit einem dumpfen Geräusch prallte der Ball von seinem Bauch ab und flog nun auf Bob zu. »Alle weg! Den nehm ich direkt aus der Luft.« Mit schnellen Schritten jagte Bob dem Ball entgegen. Staub wirbelte auf. Dann holte er zum Schuss aus, verlor dabei seine Brille und traf das Leder mit voller Wucht. »Karamba!«

Doch der Ball flog meterweit am Tor vorbei, knallte frontal gegen den alten Kirschbaum und sauste dann in Richtung Küchenfenster.

Tante Mathilda konnte sich in der Küche gerade noch in Sicherheit bringen. Mit einem lauten Knall krachte der Fußball durch die Scheibe und riss den Kirschkuchen vom Kühlschrank. Dann war es für einen Moment still.

Nur für einen kurzen Moment.

»Seid ihr verrückt geworden?«, hörte man Tante Mathildas Stimme aus der Küche fluchen. »Warum schickt ihr mir nicht gleich den Bagger ins Haus?

Dann geht's schneller und wir können heute noch unsere Koffer packen.« Gemeinsam fegten sie die Scherben auf und Onkel Titus organisierte vom Schrottplatz eine neue Glasscheibe.

Mittlerweile hatte sich der Baggerfahrer wieder an die Arbeit gemacht. Niedergeschlagen blickte Bob auf den Kirschkuchen, der mitsamt den Scherben im Mülleimer verschwand. »Es tut mir wirklich leid. Ich wollte nicht die Scheibe treffen.« Tante Mathilda musste grinsen. »Ach was. Dir tut nur der Kuchen leid. Keine Angst, ich backe heute noch einen neuen. Aber ihr seht, Fußball ist gar nicht so einfach. So, und jetzt macht euch an die Arbeit! Wir haben ein Spiel zu gewinnen.«

Gemeinsam setzten sie sich an den Küchentisch und Onkel Titus breitete die Unterlagen des Notars aus. »Also, dann wollen wir mal sehen: Das hier ist eine Kopie des Testaments. Und dies scheint die Urkunde für die Vereinsgründung zu sein.« Justus nahm die vergilbte Mappe in die Hand und las vor: »›*Gründungsurkunde des EFC Rocky Beach.*‹ Seht mal, hier ist eine Liste aller Mitglieder von damals.

Onkel Titus, kennst du welche davon?« Sein Onkel putzte seine Brille am Tischtuch sauber. »Zeig mal! Tja, einige Namen erinnern mich an meine Schulzeit. Das ist wirklich verdammt lang her. Ich kann mir nicht vorstellen, dass noch viele davon in Rocky Beach wohnen.« Peter warf einen flüchtigen Blick auf die Liste. »Egal. Wir müssen irgendwo anfangen. Denkt dran, innerhalb der nächsten sechs Tage muss das Turnier gelaufen sein. Was ist denn mit dem hier: Frederic Porter?«

»Ist das etwa unser Mister Porter aus dem Laden?«, wunderte sich Bob.

Entschlossen nahm Justus die Liste und steckte sie ein. »Fragen bringen uns nicht weiter. Wir brauchen jetzt ein paar Antworten, sonst können wir die Koffer packen. Los!«

Dosenwerfen

Kurz darauf saßen sie auf ihren Rädern und fuhren in Richtung Stadt. Auf der Straße kam ihnen nach wenigen Metern ein leerer Lastwagen entgegen. »Der will bestimmt zum Schrottplatz«, schnaufte Bob. Inzwischen stand die Sonne senkrecht am Himmel und es war unerträglich heiß.

Zur Mittagszeit war der Marktplatz menschenleer. Nur ein paar durstige Tauben hockten am Rand des Springbrunnens. Fröhlich plätscherte Wasser aus der Feuerwehrspritze von Fred Fireman. Seit über hundert Jahren thronte er als Bronzefigur mitten im Brunnen.

»Hauptsache, Fireman war nicht Mitglied im EFC«, grinste Bob.

Auch im Geschäft von Porter war es fast leer. Hier konnte man so ziemlich alles bekommen – vom Fliegenfänger bis zum Klappspaten. Porter stand am Ende eines Regals und stapelte eine Pyramide aus Konservendosen auf. Justus ging direkt auf ihn zu.

»Hallo, Mister Porter. Dürfen wir Ihnen eine kurze Frage stellen?« Der Kaufmann lachte und schob sich einen dicken Bleistift hinters Ohr. »Nur zu! Fragen kostet nichts. Das ist aber auch das Einzige, was in meinem Geschäft umsonst ist.«

»Gut. Sagt Ihnen der EFC Rocky Beach etwas?«

»Der EFC? Natürlich. Wieso fragt ihr?«

Jetzt übernahm Bob das Gespräch. »Wir wollen den alten Verein wieder auf die Beine stellen.«

Vor Schreck rutschte Porter der Bleistift hinterm Ohr weg und fiel zu Boden. »Moment! Ihr wollt den EFC aufleben lassen? Seid ihr verrückt geworden? Der besteht doch nur noch aus einem Haufen alter Männer.«

Peter hob den Bleistift wieder auf. »Das ist egal. Der EFC muss spielen und gewinnen, sonst kann Onkel Titus einpacken.« Porter schüttelte verwirrt den Kopf. »Nun mal der Reihe nach. Was ist denn überhaupt passiert?«

»Können Sie schweigen?«, fragte Justus geheimnisvoll. Porter nickte und setzte sich verwundert auf eine volle Kiste mit Erbsendosen.

Dann berichteten die drei ??? abwechselnd von dem Testament, dem Turnier und der drohenden Kündigung des Pachtvertrages. Aufmerksam hörte Porter zu. »Der dicke Otto also. Zu Lebzeiten war das schon ein Idiot – nach seinem Tod will er sich anscheinend zum Vollidioten machen. Der muss deinen Onkel unglaublich gehasst haben. Und das nach all den Jahren. Aber ein Testament kann man nicht anfechten. Gesetz ist Gesetz. Wie kann ich deinem Onkel helfen?«

»Wie schon gesagt: Wir müssen von den alten Spielern so viele wie möglich zusammentrommeln und Fußball spielen.« Porter schüttelte den Kopf. »Vergiss es. Spielen reicht da nicht aus – der EFC muss auch noch gewinnen. Das sind doch alles alte Männer. Die machen nach der ersten Halbzeit schlapp. Und vom Fußball hat auch keiner Ahnung. Weder damals noch heute. Wir sind doch alle nur in den Verein eingetreten, weil uns Ottos Vater dafür Geld gegeben hat. Wer spielt in Amerika schon Fußball?«

Wütend schlug Justus mit der Faust gegen das Regal. »Nein, wir dürfen nicht einfach aufgeben. Der dicke Otto lacht sich tot, wenn der Schrottplatz verkauft wird – ich meine, wenn er nicht schon tot wäre. Mister Porter, Sie müssen mitmachen. Es geht um alles.« Nachdenklich schob Porter seinen Bleistift wieder hinters Ohr. »Na schön, mehr als verlieren können wir ja nicht. Also, wenn ihr tatsächlich noch ein paar Männer aus der alten Mannschaft auftreiben solltet, dann bin ich als Verteidiger mit dabei. Ehrenwort.« Jubelnd klatschten sich die drei ??? in die Hände.

»Dann auf zum Nächsten!«, lachte Bob, drehte sich um und krachte direkt in die Pyramide aus Konservendosen. Mit lautem Scheppern brach diese in sich zusammen und unzählige Dosen kullerten über den Boden. Bob wurde rot bis zu den Ohren. »O nein, das ist heute nicht mein Tag. Warten Sie, ich bau das sofort wieder auf.«

Doch der Kaufmann schob ihn beiseite. »Ach was, lass mich das machen! Ihr habt wichtigere Dinge zu tun. Los, die Zeit läuft!«

Die drei bedankten sich und verabschiedeten sich von Porter. Der Boden war mit Dosen übersät und so mussten sie um das Regal herumlaufen. Direkt dahinter stand ein großer älterer Junge und betrachtete scheinbar interessiert eine Dose mit Hundefutter. Die drei ??? erkannten ihn sofort: Es war Skinny Norris.

Erzfeinde

Es war nicht das erste Mal, dass sich ihre Wege kreuzten. Skinny Norris gehörte seit langer Zeit zu ihren Erzfeinden. »Nun sieh mal an, die drei kleinen Schnüffler. Ist ja interessant, was man so alles mitbekommt, wenn man einkaufen geht.« Wütend warf Justus einen Blick auf die Dose in der Hand von Skinny. »Ach nee. Was bekommt man denn so alles mit? Und seit wann interessierst du dich für Hundefutter? Ihr habt doch gar keinen Hund.«

Für einen kurzen Moment schien Skinny verunsichert und stellte die Dose zurück ins Regal. Doch dann setzte er wieder sein breites Grinsen auf. »Das stimmt, Dicker. Aber vielleicht wäre das bald was für euch? Ich meine, wenn man so mit seinen Koffern auf der Straße steht, dann freut man sich vielleicht über eine Dose Hundefutter. Ach ja, und viel Glück beim Fußballspielen!« Dann verließ er lachend den Laden.

Peter war außer sich vor Wut. »So ein Mist! Der hat alles mitbekommen. Wenn Skinny es weiß, dann erfährt es bald die ganze Stadt.«

Justus knetete nachdenklich mit Daumen und Zeigefinger seine Unterlippe. »Wir müssen vorsichtiger sein. Es geht um eine Menge Geld bei dem Schrottplatz. Ich schlage vor, wir versuchen, die alten Vereinsmitglieder per Telefon aufzutreiben.«

Eine halbe Stunde später erreichten sie wieder das Schrottplatzgelände. Die Arbeiten waren anscheinend beendet, denn der Bagger stand abfahrbereit vor der großen Toreinfahrt. Auf der Veranda unterhielt sich Onkel Titus mit dem Baggerführer. Justus blickte erstaunt über die riesige freie Fläche, die auf dem Grundstück geschaffen worden war. »Mann! Die haben ganze Arbeit geleistet.« Der Baggerfahrer überreichte Onkel Titus gerade ein Bündel Geldscheine. »So, Mister Jonas. Das waren gut acht Tonnen Schrott. Das macht für Sie 440 Dollar. Mehr ist leider im Moment nicht drin. Sie wissen ja, die Preise für Altmetall steigen und fallen.« Onkel Titus zählte das Geld nach. »Ich weiß. Und immer wenn ich mit Ihnen Geschäfte mache, dann fallen sie merkwürdigerweise gerade. Egal, ich denke, in der nächsten Zeit kann ich jeden Dollar gut gebrauchen.«

Als sich der Bagger vom Grundstück entfernte, berichteten die drei ??? von ihren ersten Erfolgen bei Mister Porter. Die Sache mit Skinny Norris verschwiegen sie lieber. Tante Mathilda brachte einen frisch gebackenen Kirschkuchen aus der Küche. »Na bitte. Das ist ja schon mal ein Anfang.«

Bob blickte nachdenklich auf die Liste mit den Namen der Vereinsmitglieder. »Es ist leider bisher nur einer. Doch wir haben noch ganz andere Sorgen: Ein ganzes Fußballturnier muss organisiert werden. Das Einzige, was wir bisher haben, ist ein Ball.« Peter setzte sich auf einen der Korbstühle. »Stimmt. Uns fehlt zum Beispiel noch die Gegenmannschaft und vor allen Dingen weiß ich gar nicht, wo wir das Turnier austragen sollen.«

Tante Mathilda reichte jedem ein Stück Kirschkuchen. »Kann man sich da nicht einfach eine alte Koppel aussuchen?« Onkel Titus schüttelte den Kopf. »Nicht, wenn es sich um so ein offizielles Turnier handelt. Man müsste dafür Genehmigungen einholen – das kann Wochen dauern.« Schweigend stopften sich alle den noch warmen Kirschkuchen in den Mund.

»Wie groß muss eigentlich so ein Fußballplatz sein?«, fragte Justus mit vollen Backen. Onkel Titus zuckte mit den Schultern. »Wer weiß? Wie gesagt, von Fußball habe ich keine Ahnung. Ich habe die Vereinssatzung vom EFC durchgelesen – da steht auch nichts weiter drüber drin.« Plötzlich ließ Peter seine Gabel fallen. »Moment, dann können wir das also selbst bestimmen. Ich kenne nämlich einen Platz, der sich perfekt für ein Fußballturnier eignen würde.«

Verwundert blickten ihn alle an. Erst als Peter mit seinem Daumen kurz auf das Schrottplatzgelände deutete, ahnten alle, woran er dachte. Begeistert sprang Justus auf. »Na klar! Wir haben seit heute den weltbesten Fußballplatz unter der Sonne. Warum sind wir nicht gleich darauf gekommen! Der EFC hat ein neues Zuhause: unseren leer gefegten Schrottplatz!«

Onkel Titus kniff die Augen zusammen. »Mein Wertstoffhandel als Bolzplatz? Hm, warum nicht. Noch liegt da eine Menge Kleinkram auf dem Boden. Aber wenn man alles an den Rand schiebt … Tja, gar nicht mal so schlecht, die Idee.« Justus schob sich das letzte Stück Kuchen in den Mund. »Also, worauf warten wir noch? Hinter dem Haus stehen Harken und Schaufeln. An die Arbeit!«

Kreidezeichen

Ohne zu zögern, sprangen Justus, Peter und Bob auf, rannten hinter das Haus und kamen mit Schubkarre und Gartengeräten bewaffnet zurück.

Den ganzen Nachmittag waren die drei damit beschäftigt, kleine Blechteile, rostige Schrauben, Glassplitter und Kabelreste auf einen Haufen zu schieben. Nicht alles hatte der Baggerführer auf den Lkw geladen, und so wuchtete Onkel Titus mit einer Sackkarre die letzten Kühlschränke und Ölfässer an den Rand des neuen Spielfeldes. Nach drei Stunden legten sie eine Pause ein und blickten nass geschwitzt über den Platz.

»Nicht übel«, fand Peter. »Hier könnte man glatt eine Fußballweltmeisterschaft austragen.« Onkel Titus fächelte sich mit seinen Arbeitshandschuhen Luft zu. »Du hast recht. Und wenn wir auf der Ostseite die vielen Autoreifen aufstapeln, dann haben wir sogar eine hübsche Tribüne für die Zuschauer. Moment, ich habe noch eine Idee.«

Er verschwand kurz in seinem Schuppen und kam mit einem großen Sack wieder heraus. »Seht mal, das hier ist Kreidepulver. Damit können wir die Linien für das Spielfeld markieren.« Bob blickte ratlos über den Platz. »Hat jemand eine Ahnung, welche Linien man für so ein Fußballfeld braucht?« Onkel Titus konnte sich noch schwach daran erinnern, nahm einen Stock und begann, ein Fußballfeld in den Sand zu malen. »Also, das Feld besteht aus zwei Hälften. Hier und hier. In der Mitte gibt es einen Kreis. Dort wird angestoßen, soviel ich weiß. Dann natürlich an beiden Seiten die Tore. Davor ist jeweils ein Strafraum. Ach ja, und es gibt noch zwei Elfmeterpunkte.«

»Elfmeterpunkte?«, fragte Justus.

»Genau. Was damit war, muss ich noch mal nachlesen. So, damit die Kreidelinien schön gerade werden, spannen wir vorher eine Schnur.«

Anschließend rammten sie in allen vier Ecken des Schrottplatzes Stöcke in die Erde. Onkel Titus wickelte eine lange Angelsehne ab und verknotete sie von Stock zu Stock. Justus hatte sich in der Zwischenzeit einen alten Eimer besorgt und schlug mit dem Schaufelstiel ein Loch in den Boden. Anschließend füllte er die Kreide in den Eimer. In einem gleichmäßigen Strahl rieselte das Kreidepulver aus dem Loch heraus. »Weltpremiere! Justus Jonas' Fußballplatzlinienziehapparat.« Dann setzte er sich grinsend mit dem vollen Eimer in eine Schubkarre. »Los, schiebt mich langsam und gleichmäßig die Schnur entlang! Ich halte den Eimer genau darüber.« Sein Plan ging auf. Peter schob Justus mitsamt dem Eimer über die Angelleine und die Kreide hinterließ eine gerade Linie.

Alle waren so beschäftigt, dass niemand den grünen Lieferwagen beachtete, der direkt vor dem Torbogen einparkte. Ein kräftiger Mann und ein großer, dünner Junge stiegen aus und betraten das Gelände. Peter bemerkte die beiden Gestalten als Erster und fuhr mit der Schubkarre in Schlangenlinien die Schnur entlang. Genauso sah auch die Kreidelinie aus.

Der Mann aus dem Lieferwagen warf dem Jungen ein großes Maßband zu. »Los, Skinny! Wickel das ab! Ich will wissen, wie breit das Grundstück ist.«

Die drei ??? und Onkel Titus wollten nicht glauben,

was sie sahen. Mit großen Schritten stapfte Skinny Norris am Bretterzaun der Grundstücksgrenze entlang und rollte das Maßband ab. Der Mann am Torbogen war sein Vater, Bud Norris. Jeder in der Stadt kannte ihn. Ihm gehörte die *Norris' Bar* in Rocky Beach.

Wütend zog Onkel Titus seine Handschuhe aus

und ging direkt auf ihn zu. »He, Mister Norris! Was soll das?« Doch Skinnys Vater ließ sich nicht einschüchtern. »Nun reg dich nicht auf, Titus! Ich mess nur schnell das Grundstück aus, dann bin ich wieder weg.« Zögernd folgten die drei ??? Onkel Titus. »Bitte was? Ich möchte mal wissen, was Sie hier auf meinem Grundstück ausmessen wollen!«

Bud Norris steckte sich eine Zigarette an. »Immer locker! Der ganze Mist hier muss doch sowieso in ein paar Tagen verschwinden. Dein Pachtvertrag läuft aus und dann ist Feierabend mit dem Schrottplatz. Ich würde an eurer Stelle lieber zusehen, dass hier schnell die Koffer gepackt werden.« Onkel Titus platzte fast der Kragen. Doch es wurde noch schlimmer.

»Immer ruhig bleiben! Ich werde den ganzen Laden nach der Pleite mit eurem EFC nämlich kaufen – war schon immer scharf auf die Ecke. Das Haus und die Rumpelbude dahinten werden abgerissen und dann kommt hier ein wunderschönes Schnellrestaurant hin: ›Buds Burger-Tempel‹. Hier bau ich den Parkplatz, dorthin kommt das Gebäude, und genau da, wo du stehst, stell ich eine zwölf

Meter hohe Neonreklame auf. Die Lage ist perfekt. Ein Burger-Tempel genau an der Durchgangsstraße nach Santa Barbara. Aber ich will nicht so sein. Ihr bekommt alle zur Einweihung einen Burger umsonst – oder, Skinny?«

»Ja, Papa. Und eine Dose Hundefutter.« Die beiden krümmten sich vor Lachen.

Onkel Titus und die drei ??? standen starr vor Zorn auf dem Platz und wussten nicht, was sie zuerst machen sollten.

Auch Tante Mathilda hatte von der Veranda aus alles mitbekommen. Doch im Gegensatz zu den anderen hatte sie bei den ersten Worten von Bud Norris den Gartenschlauch abgerollt und sich leise von hinten genähert. Skinny und sein Vater lachten immer noch. In diesem Moment drehte sie den Schlauch auf und richtete ihn direkt auf Bud Norris. Der Wasserstrahl traf ihn mitten ins Gesicht und schoss dem Mann die Zigarette aus dem Mund. »Verschwinden Sie von unserem Grundstück!«, brüllte sie außer sich vor Wut und drehte noch mehr auf. »Solange wir hier das Sagen haben, wird kein Norris mit seinen Quadratlatschen auch nur einen Fuß auf das Grundstück setzen.«

Onkel Titus starrte sie mit offenem Mund an. So hatte er seine Frau noch nie erlebt.

Netzsuche

Schnaubend und prustend wischte sich Bud Norris das Wasser aus dem Gesicht und trat den Rückzug an. Auch sein Sohn ergriff jetzt die Flucht. »Warte, Papa! Warte auf mich. Papa!« Als er in Reichweite von Tante Mathilda kam, erwischte auch ihn eine volle Breitseite aus dem Gartenschlauch. »Papa! Die hat mich nass gemacht!«, jammerte Skinny und lief noch schneller. Erst als die beiden wieder im Auto saßen, brüllte Bud Norris durch das offene Fenster zurück: »Das wird euch noch leidtun! Das schwöre ich. In genau vier Tagen sitzt ihr alle auf der Straße. Ein Norris lässt sich nicht nass machen!« Er hätte lieber wegfahren sollen, denn nun zielte Tante Mathilda direkt auf das offene Fenster. Mit quietschenden Reifen jagte der Lieferwagen davon. Onkel Titus hingegen ging zu seiner Frau und umarmte sie. »Mathilda, das war großartig.« Diese setzte ein verschmitztes Grinsen auf und hielt den Schlauch in die Luft. »Und genau das Gleiche passiert euch, wenn ihr

nicht sofort weiterarbeitet.« Dann lachten alle so laut, dass sogar die schlafende Katze auf dem Schuppendach wach wurde.

Mittlerweile war es schon recht spät geworden und Peter und Bob mussten langsam nach Hause. Justus verabschiedete sie an der Toreinfahrt. »Wir sehen uns dann gleich morgen früh auf dem Platz. Eine Sache haben wir nämlich ganz vergessen.«

»Ich weiß«, rief Peter, der schon fast auf der Straße war. »Die Tore.«

Nach dem Abendbrot blickte Justus noch lange aus seinem Zimmerfenster auf das neu geschaffene Fußballfeld hinunter. Doch je länger er den Platz betrachtete, desto weniger konnte er sich vorstellen, dass dort tatsächlich ein Fußballturnier stattfinden sollte.

Was, wenn Bud Norris recht behalten würde? Müde schob Justus die Gardine zu und legte sich ins Bett.

Am nächsten Morgen wachte er von alleine auf und rannte in die Küche. Tante Mathilda war gerade mit dem Frühstück beschäftigt. Justus schnappte sich ein trockenes Brötchen. »Guten Morgen, sind Peter und Bob schon da?«

»Nein, aber Onkel Titus ist schon auf dem Platz. Der hat noch bis spät in die Nacht gearbeitet.« Neugierig lief Justus aus dem Haus, stolperte die Treppenstufen der Veranda hinunter und traute seinen Augen nicht: An beiden Seiten des Fußballplatzes standen zwei selbst gebaute neue Tore. Vor einem hockte Onkel Titus und hantierte mit einem Schweißbrenner herum. »Hallo, Justus!«, begrüßte er ihn und nahm seine Schutzbrille vom Kopf. »Was sagst du dazu? Zum größten Teil hab ich die Tore aus Tante Mathildas Wäschestangen zusammengeschweißt. Alle müssen jetzt Opfer bringen.« In diesem Moment kamen Peter und Bob durch die Einfahrt.

»Nicht schlecht«, staunte Peter. »Nun fehlen nur noch die Netze dahinter.« Bob stieg vom Rad ab und begutachtete die Tore. »Wir könnten dafür vielleicht alte Fischernetze nehmen. Ich wette, unten am kleinen Fischereihafen kann man welche abstauben.« Justus biss in sein Brötchen. »Gute Idee! Worauf warten wir noch? Los, auf die Räder!«

Wieder kam Tante Mathilda zu spät. »Justus! Du musst doch was essen! Justus!«

Zum Fischereihafen mussten sie ungefähr fünfzehn Minuten mit den Fahrrädern die Küstenstraße entlangfahren. Anschließend ging es in engen Kurven zum Hafen hinunter.

Die meisten Fischer waren um diese Zeit schon längst mit ihren Booten auf dem Meer. Nur ein paar hungrige Möwen hockten auf muschelbewachsenen Holzpfählen. Vor einem Blechschuppen erkannte Bob den Hafenmeister Ernesto Porto. »Kommt, den fragen wir!«

Der Mann, den sie noch nie ohne seinen blauen Pullover gesehen hatten, klopfte verwundert seine erloschene Pfeife aus. »Was wollt ihr denn mit alten, stinkenden Fischernetzen?« Den drei ??? blieb nichts anderes übrig, als ihm die ganze Geschichte zu erzählen. Als sie den EFC erwähnten, leuchteten plötzlich Portos Augen auf. »Moment, Jungs! Redet ihr vom Ersten Fußballclub Rocky Beach?« Die drei nickten verwundert. »Das ist ja ein Ding. Ich hab da vor Jahrzehnten auch mal mitgespielt. War eine merkwürdige Geschichte. Damals hab ich als Stürmer im Endspiel ein Tor geschossen – gewonnen haben wir trotzdem nicht. Und da war noch irgend so ein Dicker mit einem reichen Vater dabei.«

»Otto Kautzer«, unterbrach Peter. »Haben Sie da wirklich mitgespielt?«

»Und wie! Der dicke Otto – genau, so hieß er. Was für ein Idiot.« Verwundert kramte Bob die Liste mit den ehemaligen Vereinsmitgliedern aus der Tasche. »Wenn Sie aber damals mit dabei waren, dann müssten Sie auch auf dieser Liste stehen. Tun Sie aber nicht. Wie kommt das?« Der Hafenmeister kaute etwas nervös an seiner kalten Pfeife. »Das kann ich euch sagen. Aber behaltet es bitte für euch! Früher hieß ich mal Gordon Strangler. Doch nach einigen Meinungsverschiedenheiten mit der Zollbehörde habe ich mir damals einen neuen Namen zugelegt.

Ich saß nämlich eine Weile hinter Gittern. Hier im Hafen weiß das sowieso jeder.« Bob warf einen Blick in die Liste. »Stimmt. Gordon Strangler. Da steht's.«

»Sag ich doch. Und ich habe zwei gute Nachrichten für euch: Hinter dem Schuppen liegen haufenweise alte Netze. Stinken zwar nach Fisch, aber für ein Tor reichen sie allemal.«

»Und wie lautet die zweite gute Nachricht?«, fragte Peter neugierig.

»Die lautet, dass ich natürlich bei dem Turnier dabei bin! Endlich mal was anderes als tote Fische, Krabben und Seegurken. Wann beginnt das Training?«

Mannschaftsaufstellung

Justus blickte zur Sonne, als könne er an ihr die Uhrzeit ablesen. »Sagen wir, heute Nachmittag um vier?« Jetzt hatten sie schon zwei der alten Vereinsspieler ausfindig gemacht und schnallten gut gelaunt die Netze auf ihre Gepäckträger. Zwanzig Minuten später erreichten sie wieder den Schrottplatz. Onkel Titus erwartete die drei schon. »Na bitte, die Netze sind gar nicht übel. Stinken nur erbärmlich nach Fisch. Egal, ich werde sie zurechtschneiden und an den Toren anbringen.«

Justus, Peter und Bob gingen ins Haus und ließen sich von Tante Mathilda das Telefonbuch geben. Den Rest des Vormittags verbrachten sie in der Küche damit, die alten Spieler ausfindig zu machen. Viele der über zwanzig Namen konnten sie nicht im Telefonbuch finden. Andere hingegen waren gleich mehrfach vertreten. »Dann mal ran ans Werk«, stöhnte Justus, nahm den Hörer in die Hand und wählte die erste Nummer. »Guten Tag, hier spricht

Justus Jonas. Ich wollte fragen, ob Sie damals im EFC mitgespielt haben und ob sie den dicken Otto kennen und ... Mist, der hat gleich aufgelegt. Falsche Fährte.«

So ging es den ganzen Vormittag weiter. Doch nach unzähligen Telefonaten hatten sie Glück. Einer der Spieler wohnte immer noch in Rocky Beach. »Und Sie waren damals dabei?«, strahlte Justus am Telefon. »Ja, der dicke Otto ... genau, der Idiot ... Na klar, das Training beginnt schon heute ... um vier Uhr ... prima, Mister Atkins, bis dann. So, das war Nummer drei. Jetzt haben wir Atkins, einen Stürmer und einen Verteidiger. Wie viele Leute braucht man eigentlich für so ein Fußballspiel?« Peter und Bob zuckten mit den Schultern. »Egal, bestimmt aber mehr als drei. Wir müssen weitertelefonieren.«

Nach einer Stunde hatten sie weitere acht Spieler aus dem EFC erreicht. Vier sagten sofort zu, als sie die Geschichte hörten. Drei hatten absolut keine Zeit und einer lag mit einem gebrochenen Bein im Bett. Bob strich gewissenhaft einen Namen nach

dem anderen auf der Liste durch. »Jetzt ist hier noch ein gewisser Samuel R. Das ›R‹ könnte aber für viele Nachnamen stehen.« Peter schnappte sich das Telefonbuch. »Dann werden wir einfach alle Nachnamen, die mit ›R‹ beginnen, nach Samuel durchsuchen.« Lange brauchte Peter nicht zu blättern, denn schnell stieß er auf einen bekannten Namen.

»Ich fasse es nicht: Das ›R‹ steht für Reynolds. Samuel Reynolds, unser Kommissar.«

Der Kommissar war den dreien bestens bekannt. Vor einiger Zeit waren sie von ihm sogar zur Spezialeinheit ernannt worden. Mutig griff Justus zum Hörer. »Ich ruf ihn an. Am besten gleich auf dem Polizeirevier.«

Justus telefonierte zehn Minuten lang mit Kommissar Reynolds. »Und?«, fragte Peter nervös.

»Was soll ich euch sagen: Er ist dabei und kommt auch um vier. Er besteht aber darauf, dass er Kapitän wird – was auch immer das ist.«

Mit dem Kommissar hatten sie jetzt acht Spieler zusammen. Bob faltete den Zettel wieder zusammen. »So, das muss reichen. Wir haben alle Namen durch. Das Training kann beginnen. Just, womit wirst du anfangen? Ich finde, du wirst Trainer.«

Justus stand erschrocken vom Stuhl auf. »Moment, wieso soll *ich* der Trainer sein? Ich hab genauso wenig Ahnung vom Fußball wie ihr. Nee, nee, das machen wir schön zusammen.«

Anschließend mussten sie aus der Küche verschwinden, denn Tante Mathilda wollte das Mittagessen zubereiten. Draußen auf dem Platz war Onkel Titus gerade mit den Netzen fertig geworden. »Und? Wie sieht's aus?« Bob hielt ihm den Zettel mit den Namen entgegen. »Nicht schlecht, wir haben acht Leute zusammen. Um vier beginnt das Training.« Justus nahm etwas nervös den Ball in die Hand und blickte über den Platz. »Hoffentlich wird das nicht zu peinlich.«

Zum Mittag gab es Salat mit frischen Pilzen. »Ihr braucht gar nicht so zu gucken«, grinste Tante Mathilda. »Das ist Sportlernahrung. Ab sofort gibt es bei uns weniger Fleisch und dafür viel Gemüse.« Onkel Titus stocherte gelangweilt in den Salatblättern. »Das ist der Grund, warum aus Fußball in Amerika nichts wird.«

Am Nachmittag trafen dann die ersten Spieler des EFC auf dem Grundstück ein. Mit großen Schritten stapfte Ernesto Porto in Gummistiefeln und Pullover auf die Veranda zu. »Bin ich zu früh?«

Justus schüttelte den Kopf. »Nein, geht gleich los. Sie können sich schon mal umziehen.«

»Umziehen? Wieso das? Ich renn mit den Gummistiefeln schneller als eine Schiffsratte. Außerdem habe ich gar keine anderen Schuhe.«

»Das kann ja lustig werden«, stöhnte Peter.

Nach und nach füllte sich der Platz. Jeder der Neuankömmlinge wurde von den Vereinsmitgliedern stürmisch begrüßt. Onkel Titus schüttelte den Kopf. »Nun seht euch das an! Als hätten sie jahrelang in einer Mannschaft gespielt. Den EFC hat es im Prinzip nur eine Woche gegeben. Nach der Niederlage hat Ottos Vater kein einziges Spiel mehr organisiert. Die haben alle so viel Ahnung vom Fußball wie ich vom Stricken.«

Als Letzter kam Kommissar Reynolds mit Blaulicht durch die Toreinfahrt gerauscht. »Tut mir leid – kam was dazwischen. Doch jetzt kann's losgehen. Wo ist der Ball?«

Trainerstunde

Justus hatte im Schuppen ein altes Megafon gefunden und stellte sich auf eins der alten Ölfässer. »Äh, hallo? Kann man mich hören? Danke, dass Sie alle gekommen sind. Heute ist der erste Trainingstag des EFC und meine beiden Freunde und ich, wir sind die, äh – Trainer. Äh ja, so ist es.«

Ernesto Porto machte ein paar Kniebeugen. »Dann mal los, Kleiner«, lachte er.

»Gut. Wir fangen mit ein paar Aufwärmrunden an. Ich schlage vor, jeder läuft zehn Mal um den Platz.« Mit wackeligen Knien stieg Justus wieder vom Ölfass.

»He, das hast du gut gemacht«, munterte Peter ihn auf. Auf dem Platz setzten sich die acht Männer mürrisch wie eine Horde Elefanten in Bewegung.

Doch schon nach zwei Runden ließen sich die Ersten auf den Reifenstapeln nieder.

»Ich brauch Wasser«, keuchte Kommissar Rey-

nolds. »Ich bin Laufen nicht mehr gewohnt.« Kurz darauf kam Tante Mathilda mit einer Kanne Saft und einigen Wasserflaschen aus der Küche. Ernesto Porto goss sich eine davon gleich über den Kopf. »Haben Sie auch Bier, Madam?«

Doch ein Blick von Tante Mathilda reichte, um ihn von der Idee abzubringen. »War doch nur ein Spaß. Danke fürs Wasser.«

Justus stieg wieder auf das Ölfass. »So, äh, sehr gut. Wir fangen jetzt mit dem Training an. Bob, du legst den Ball in die Platzmitte. Auf mein Zeichen geht es los.« Dann blies er in die alte Trillerpfeife von Onkel Titus und mit lauten Kampfschreien stürmten die acht Männer auf den Ball zu. Sekunden später waren sie in einem dichten Staubnebel verschwunden. Nur ab und zu flogen eine Wasserflasche oder ein Gummistiefel aus der Wolke heraus.

So laut er konnte, brüllte Justus ins Megafon: »Stopp, stopp! Aus! Alle Mann zurück auf ihre Plätze!« Es dauerte eine Weile, bis sich der Staub verzogen hatte. Die Männer lagen in einem großen Haufen über- und untereinander. Obendrauf saß Porter und sah sich verwundert um. »Wo ist eigentlich der Ball geblieben?«

Onkel Titus schlug die Hände über dem Kopf zusammen. »Oh nein! So wird das nie was.«

Justus nahm wieder das Megafon. »Okay, wir probieren was anderes. Nacheinander schießt jetzt jeder auf das Tor. Los geht's!«

Kommissar Reynolds schnappte sich als Erster den Ball. »Na endlich komm ich zum Schuss.« Dann nahm er einen gewaltigen Anlauf, holte aus und knallte das Leder im hohen Bogen über das Tor. Vor

Schreck rannte Tante Mathilda in die Küche und öffnete vorsichtshalber die Fenster.

Kommissar Reynolds wischte sich den Schweiß von der Stirn. »Nun ja, gar nicht mal so schlecht. Ich bin ein bisschen aus der Übung, aber nach zwei, drei Probeschüssen werde ich dieses verdammte Tor schon treffen.«

Jetzt war Onkel Titus vollständig am Boden zerstört. »Das wird eine Katastrophe. Wenn der jetzt schon nicht trifft, wie soll das dann erst in einem richtigen Spiel werden?«

»Was ist denn da anders?«, fragte Justus verwundert.

»Was da anders ist, fragst du? Mann! Da steht noch ein Torwart drin!«

Plötzlich hörte man vom Bretterzaun her lauten Applaus. »Bravo! Bravo, meine Herren! Das wird ein tolles Spiel.« Es war Bud Norris, der zusammen mit seinem Sohn auf dem grünen Lieferwagen stand und von außen über den Zaun guckte. »Wenn das der EFC ist, dann habe ich das Grundstück so gut wie in der Tasche. Ich lach mich tot.« Tante Mathilda lief sofort wieder zum Gartenschlauch, doch diesmal reichte der Wasserstrahl nicht bis zu den beiden. Skinny verschluckte sich vor Lachen und sein Vater zündete sich genüsslich eine Zigarette an. »Übrigens: ich habe persönlich die Stadtauswahl zusammengestellt. Es sind alles Freunde aus meiner Bar. Und ich bin froh, dass es meine Freunde sind – zum Gegner werdet ihr sie haben. Ich zähle übrigens nur acht bei euch. Fußball wird mit elf Leuten gespielt. Oder wisst ihr das etwa auch nicht?« Jetzt fiel Skinny vor Lachen fast vom Lieferwagen.

Unter den Spielern des EFC wurde es plötzlich still. Kommissar Reynolds rückte seine Dienstmütze zurecht. Er hatte sie immer noch auf. »Tja, ich fürchte, er hat leider recht«, sprach er leise. »Jetzt erinnere ich mich auch wieder: Da war was mit einer Elf.« Bob blickte nervös in seine Liste. »Wir bekommen aber absolut keinen mehr dazu. Jeden Einzelnen haben wir versucht zu erreichen.«

Bud Norris amüsierte sich köstlich. »Na bitte, dann bleibt euch das Gemetzel ja erspart. Aufgabe noch vor dem Spiel.«

Jetzt kam Onkel Titus auf den Platz. »Können nicht noch ein paar neue Mitglieder in den EFC aufgenommen werden? Ich meine, zur Not machen Mathilda und ich mit.«

Bevor ihm jemand darauf antworten konnte, mischte sich ein kleiner Mann im karierten Anzug in das Gespräch ein. Es war der Notar Mulligan. Niemand hatte bemerkt, dass er von der Toreinfahrt aus alles beobachtet hatte. »Mister Jonas, es tut mir leid. Also leid sozusagen. Aber ich habe als Notar nun mal die Aufgabe, den ganzen Ablauf des Turniers auf Unstimmigkeiten zu untersuchen. Leider hat Mister Norris recht. Ein Fußballspiel wird pro Mannschaft mit elf Personen ausgetragen. Ich musste mich auch erst extra erkundigen. Und bei der anderen Sache muss ich Sie ebenso enttäuschen. Enttäuschen also. Hier ist die Stelle, mit dem genauen Wortlaut des Testaments von Otto Kautzer: ›*Gespielt wird nach den internationalen Regeln des Fußballverbandes. Außerdem darf kein anderer erwachsener Spieler in den EFC aufgenommen werden.*‹ Sie müssen auf irgendeine Art und Weise noch drei ehemalige Spieler auftreiben. Auftreiben sozusagen.«

Onkel Titus setzte sich kraftlos auf den Ball. »Und ihr seid die Liste wirklich komplett durchgegangen?«

Bob nickte niedergeschlagen. »Ja, mehrmals sogar. Da ist nichts zu machen. Mehr als acht bekommen wir auf keinen Fall zusammen.«

»Okay, danke für eure Hilfe, Jungs. Aber man muss wissen, wann man verloren hat. Norris, Sie haben gewonnen. Bauen Sie Ihre Bude. Hoffentlich ersticken Sie an den Burgern.«

Bud Norris hob triumphierend die Arme. »Das werde ich, Jonas. Das werde ich. Aber ich werde nicht an Burgern ersticken, sondern an den vielen Dollarscheinchen, die ich hier verdienen werde.«

Kinderspiel

Schweigend sahen alle auf Onkel Titus. Dieser stand langsam auf, schmiss seine Arbeitshandschuhe auf den Boden und verschwand in Richtung Schuppen. Keiner sagte ein Wort. Nur Bud Norris kostete seinen Sieg aus. »Richtig so! Sammle am besten schon mal deinen Schrott zusammen! Am Sonntag rollen hier die Abrissbagger an.«

Justus stand wie versteinert auf dem Elfmeterpunkt und knetete seine Unterlippe, dass es fast wehtat. Er wollte sich einfach nicht mit der Situation abfinden. Was sollte werden, wenn sie das Haus verlassen mussten? Doch sosehr Justus sich bemühte, er fand einfach keine Lösung. Tränen flossen ihm über die Wangen und er versuchte sie eilig mit seinen staubigen Fingern wegzuwischen. Doch sie verschmierten sich in seinem Gesicht zu dreckigen Streifen. Langsam stapfte Porto mit seinen Gummistiefeln auf ihn zu. »Tut mir leid, Kleiner. Aber wir haben es zumindest versucht.«

Plötzlich durchzuckte Justus ein Gedanke. »Moment, haben Sie eben ›Kleiner‹ zu mir gesagt?«

Der Hafenmeister wich erschrocken ein Stück zurück. »Äh, ja. Aber das war doch nicht so gemeint. Ich wollte dich nur aufmuntern.«

»Aber es ist genau richtig. Ich bin doch noch klein. Mister Mulligan, stimmt's? Auch meine beiden Freunde sind klein und noch nicht erwachsen.« Bob sah ihn mitleidig an und schüttelte den Kopf. »O nein, jetzt ist er verrückt geworden.«

Doch der Notar schien zu begreifen, worauf Justus hinauswollte. Hektisch zog er wieder das Testament aus der Tasche. »Aber ja! Hier steht es groß und deutlich – schwarz auf weiß sozusagen.

Ich zitiere: *›Außerdem darf kein anderer erwachsener Spieler in den EFC aufgenommen werden.‹*« Mittlerweile war Onkel Titus wieder auf den Platz zurückgekehrt. »Ich versteh nicht. Was ändert das jetzt noch? Uns fehlen drei Spieler, und das war's.«

»Richtig«, blökte Skinny Norris hinter dem Bretterzaun.

»Halt die Klappe!«, fuhr ihm sein Vater dazwischen. Er witterte anscheinend Unheil.

Justus rannte auf Onkel Titus zu. »Du musst genau zuhören: Der Verein darf keine *erwachsenen* Spieler aufnehmen. Von Kindern ist nicht die Rede. Und jetzt sieh dich mal um: Zufällig zähle ich nämlich hier auf dem Platz ein, zwei, drei Kinder.«

Jetzt wurde es allen anderen auch klar. Triumphierend ballte Onkel Titus die Faust. »Ja! Das ist es! Jawohl! Mister Mulligan: Der EFC ist komplett angetreten, komplett mit elf Mitspielern. Wir sind wieder im Rennen.«

Jubelnd liefen die acht Männer zu den drei ??? und warfen sie so hoch in die Luft, dass ihnen schwindelig wurde. Kommissar Reynolds rückte seine Mütze gerade. »Meine Herren, hiermit erkläre ich, dass die drei Jungs durch einstimmigen Beschluss in den EFC Rocky Beach aufgenommen sind. Willkommen im Club! Bitte, Herr Notar, wenn Sie das beurkunden würden!«

»Aber mit dem größten Vergnügen. Vergnügen sozusagen.«

Vor lauter Freude machte der ganze Verein mit den drei ??? auf den Schultern eine große Ehrenrunde über den Platz.

Inzwischen hatte sich Tante Mathilda unbemerkt mit einem Eimer Wasser am Bretterzaun entlanggeschlichen. Skinny und sein Vater standen jetzt genau über ihr. Plötzlich riss Tante Mathilda den vollen Eimer hoch und klatschte den beiden die Wasserladung ins Gesicht. Pitschnass wischte sich Bud Norris die nasse Zigarette aus der Nase.

»Rauchen ist ungesund!«, rief Tante Mathilda und kugelte sich vor Lachen. Skinny verlor auf dem nassen Autodach das Gleichgewicht und rutschte ab. »Papa, ich bin in Brennnesseln gefallen.«

Sekunden später jagte der Lieferwagen davon.

Den Rest des Trainings sprachen alle nur noch von dem blöden Gesicht, das Bud Norris gezogen hatte. Da Justus, Peter und Bob jetzt in der Mannschaft waren, wurde Onkel Titus zum Trainer gewählt.

»Gut, ich nehme die Wahl an. Als Trainer gehöre ich ja wohl nicht dem Verein an. Sonst bekommen wir wieder Ärger mit dem Testament.« Mister Mulligan schüttelte den Kopf. »Dagegen ist nichts einzuwenden. Nichts sozusagen.«

»Gut, dann werde ich zum nächsten Training die

Positionen verteilen. Ich kenne mich zwar auch nicht mit Fußball aus, aber irgendwie müssen wir das hinbekommen. Heute ist Mittwoch. Die Spiele werden für Samstag und Sonntag angesetzt. Wer bei diesen beiden Spielen die meisten Tore macht, hat gewonnen. Das heißt, uns bleiben noch genau zwei Tage für das Training. Wir sehen uns morgen um fünf Uhr am Nachmittag wieder – dann ist es nicht mehr so heiß. Das war's, meine Herren.«

»Bis morgen, Trainer!«, rief die Mannschaft im Chor und alle gingen gut gelaunt zur Toreinfahrt hinaus.

1:0

Etwas später verabschiedeten sich auch Peter und Bob. »Bis morgen, Just. Das war obercool.«

Noch lange saßen Justus, Tante Mathilda und Onkel Titus auf der Veranda und blickten in den Abendhimmel.

»Hoffentlich geht das alles gut«, murmelte Tante Mathilda. »Vielleicht habe ich die Sache mit dem Wassereimer übertrieben. Man soll Menschen nicht unnötig reizen. Den bösen Blick von Bud Norris werde ich nie vergessen.« Onkel Titus goss ihr ein Glas Eistee ein. »Ach was. Wer wütend ist, macht Fehler. Und die Mannschaft von Norris muss eine Menge Fehler machen, damit wir gewinnen. Ich kenne die Typen aus seiner Bar. Ich möchte mit keinem von denen befreundet sein.« Tante Mathilda sah jetzt noch besorgter aus. »Ich weiß nicht, ob es richtig ist, die Kinder mitspielen zu lassen. Die werden doch glatt umgerannt.« Justus schien das keine Angst zu machen. »Ach was. Ich denke, beim Fußball wird es Regeln geben, die das verbieten.«

»Das mag sein, Justus. Die Frage ist nur, ob auch die Männer aus der Bar diese Regeln kennen.«

Über den letzten Satz von Tante Mathilda musste Justus im Bett doch noch eine Weile nachdenken. Plötzlich kam er sich ganz klein vor und kroch unter die Decke.

Am nächsten Tag erschienen alle pünktlich zum Training. Onkel Titus hatte auf seiner Schuppenwand mit Kreide ein Spielfeld aufgemalt. »Also, alle mal herhören! Ich habe eine Mannschaftsaufstellung gemacht. Es gibt Verteidiger, Stürmer, einen Torwart und einen Kapitän. So zumindest habe ich es mal im Fernsehen gehört. Den Kapitän übernimmt Samuel Reynolds.«

Der Kommissar stand ergriffen auf und verbeugte sich vor der Mannschaft. »Oh, danke, welche Ehre. Damit hätte ich nie gerechnet.«

»Weiter: Porter, Bob und Atkins gehen in die Verteidigung. Peter, Kommissar Reynolds und Ernesto

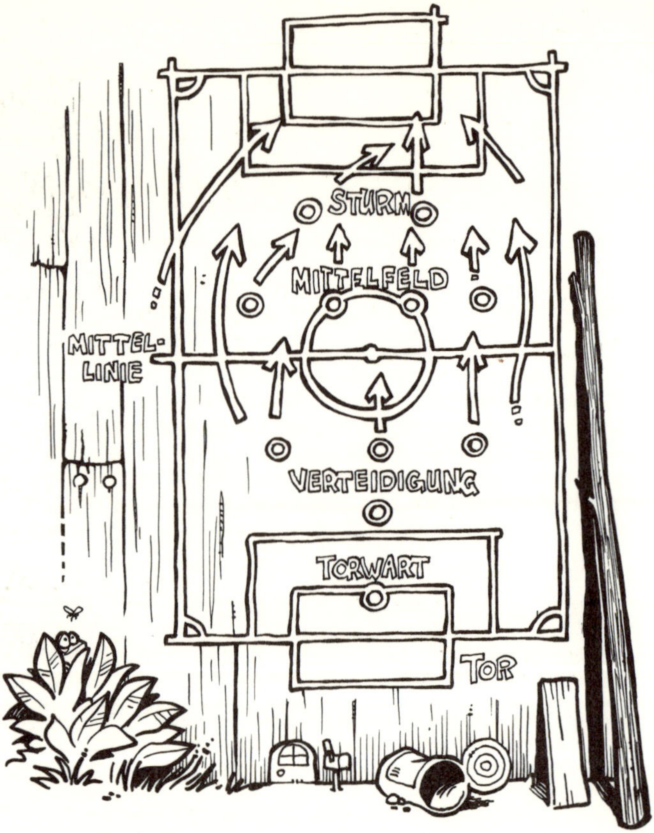

Porto bilden den Sturm. Und der Rest? Tja, der läuft so in der Mitte hin und her.«

»Wir brauchen aber auch noch einen Torwart«, unterbrach der Kommissar.

»Ach ja, den hab ich glatt vergessen. Wer macht das freiwillig?« Bei dem Gedanken an Norris' Freunde aus der Bar hatte keiner besondere Lust dazu. »Gut, dann ziehen wir Streichhölzer.«

Zu Onkel Titus' Entsetzen zog Justus das kürzeste. »Keine Angst«, versuchte dieser seinen Onkel zu beruhigen. »So ein Ball ist ja nicht aus Beton. Wird schon nichts passieren.« Dann nahm Justus entschlossen die großen Arbeitshandschuhe von Onkel Titus und packte damit den Ball.

»Na schön, aber wenn's gefährlich wird, dann wechseln wir dich aus. Tante Mathilda bringt mich um, wenn dir was passiert. So, noch Fragen? Dann alle auf den Platz und Aufwärmrunden drehen!«

Diesmal hielten die Männer zumindest vier Runden durch. Eilig versorgte Tante Mathilda sie anschließend mit Wasser und nassen Schwämmen. Der Hafenmeister zog sich seine Gummistiefel aus und alle rückten ein Stück von ihm ab. »Ich weiß nicht«, stöhnte er. »Vielleicht kann man in Gummistiefeln doch nicht so gut laufen.« Mister Porter warf einen nachdenklichen Blick auf die Stiefel. »Hm, da lässt sich doch was machen.«

Onkel Titus klatschte in die Hände. »So, nicht

schlappmachen! Ich teile euch jetzt in zwei Mannschaften auf und wir machen unser erstes Übungsspiel.«

Kurz darauf standen sich die beiden Trainingsmannschaften gegenüber. Justus, Peter und Bob spielten in einer Mannschaft. Darum waren sie auch zu sechst in der Überzahl. Onkel Titus legte den Ball auf den Mittelpunkt und blies in die Trillerpfeife. »Und los!«

Doch es war wie am Vortag. Alle rannten auf den Ball zu, prallten zusammen und lagen kurz darauf übereinander. Die drei ??? standen vorsichtshalber etwas abseits von der Staubwolke. Onkel Titus ging wütend dazwischen. »Halt! Aufhören! So geht das nicht! Ihr sollt auf euren Positionen bleiben. Wieso sind die beiden Torhüter mit rausgelaufen? Das ist hier kein Rugbyspiel! So, alles noch mal von Anfang an!«

Diesmal klappte es schon etwas besser. Bob bekam nach dem Anstoß den Ball direkt vor die Füße. So schnell er konnte, rannte er los und kickte den Ball durch die Beine des Hafenmeisters. Peter machte

sich vor dem gegnerischen Strafraum bereit. »Hier! Bob! Ich steh frei.« Dieser schoss einen langen Pass und der Ball wechselte zu Peter. Sofort jagten Porter und zwei Verteidiger auf ihn zu und Peter spielte das Leder wieder zurück ins Mittelfeld. Jetzt kam Justus ins Spiel. Mit kurzen Schritten dribbelte er an zwei

Gegnern vorbei und trat eine lange Flanke vors Tor. Peter versuchte, den Ball mit der Brust zu stoppen, spielte ab zu Atkins – Atkins verlängerte zu Bob und Bob knallte das Leder senkrecht in die Luft. »Mist! Abgerutscht«, fluchte er. »Der sollte ins Tor gehen.« Vor dem Tor stand die ganze Zeit Kommissar Reynolds und blinzelte gegen die Sonne. »Verdammt! Wo ist denn die Pille jetzt? Ich seh nichts.« In diesem Moment sauste der Ball direkt auf seinen Hinterkopf und landete unhaltbar im Netz.

»Aua!« Erst allmählich begriff der Kommissar, dass er ein Tor erzielt hatte. »Nanu? War ich das? Ja? Also Volltreffer?! Habt ihr das gesehen? Den habe ich eiskalt verwandelt. 1 : 0!«

Onkel Titus' Laune verbesserte sich ein wenig. »Aber ob das reicht?«, murmelte er vor sich hin.

Zaungäste

Es war der dritte und zugleich der letzte Trainingstag vor dem ersten Spiel. Onkel Titus lief nervös den Platz auf und ab. Justus und seine beiden Freunde waren gerade dabei, die Netze an den Toren wieder vernünftig zu befestigen. Die Netze stanken immer noch nach Fisch.

»Onkel Titus, was ist los?«, fragte Justus besorgt.

»Ach, nichts. Die Sache mit Bud Norris geht mir nicht aus dem Kopf. Wenn der was will, dann hat er es bis jetzt auch immer bekommen. Ich kenne ihn schon lange.«

»Na, dann wird's Zeit, dass sich das ändert. Sieh mal, dort hinten kommt Porter mit seinem Pick-up angerollt. Merkwürdig, was hat der denn für Kartons auf der Ladefläche?«

Neugierig gingen alle auf den Wagen zu. »Hallo, Jungs! Ratet mal, was ich mitgebracht habe!«

»Hoffentlich keine Erbsendosen«, grinste Bob.

»Unsinn. Als ich gestern unseren Stürmer mit den

Gummistiefeln sah, da kam mir eine Idee. Gute Sportclubs brauchen nämlich auch gute Trikots. Also, Schuhe, Shorts und Shirts, wenn ihr versteht. Und da habe ich mir gedacht, sei mal spendabel und stifte dem EFC einen Satz Sportbekleidung.« Die drei waren begeistert und wollten sich sofort über die Kartons hermachen. Doch Porter hielt sie zurück. »Moment, Moment! Bevor ihr auspackt, muss ich mit eurem Onkel noch ein paar geschäftliche Dinge besprechen.« Onkel Titus stand mittlerweile auch neben dem Pick-up. »Worum geht es denn? Die Jungs können dabeibleiben, wir haben keine Geheimnisse.«

Porter druckste etwas herum. »Äh, nun gut. Es ist eigentlich eine ganz normale Angelegenheit, Mister Jonas. Sie sind der Veranstalter des Turniers und können bestimmen, was auf Ihrem Grundstück stattfindet, oder?«

»Stimmt, aber nun heraus mit der Sprache!«

»Gut. Denn ich, vielmehr mein Geschäft, möchte bei dem Spiel als Hauptsponsor auftreten. Im Gegenzug erhalten Sie von mir gratis diese schönen

Trikots. Hier, ich habe in einem kleinen Vertrag alles noch mal zusammengefasst. Sie brauchen nur hier und hier zu unterzeichnen.«

Onkel Titus gab sich keine Mühe, den Vertrag durchzulesen. »Sie können machen, was Sie wollen. Hauptsache, wir gewinnen die Spiele.«

»Sehr gut. Und da jetzt durch die Unterschrift alles geregelt ist, könnt ihr auspacken, Jungs!«

Neugierig rissen die drei einen Karton nach dem anderen auf. Peter hielt eine ganze Ladung Fußballschuhe in die Luft. »Nun seht euch das an! Die sehen super aus. Und hier! Lauter neue Bälle!« Justus fand Shorts und Bob faltete bedruckte T-Shirts auseinander. Sofort zog er eins über. Onkel Titus las die Aufschrift laut vor: »›*EFC Rocky Beach. Mit freundlicher Unterstützung vom günstigen Kaufhaus Porter. Alles frisch, alles toll.*‹ Nun ja, vielleicht ein bisschen viel Text für ein Sporttrikot.«

Porter druckste wieder herum. »Äh, es geht auf der anderen Seite noch ein bisschen weiter. Bob, dreh dich doch mal um!«

Onkel Titus las wieder vor: »›*Besuchen Sie diese*

Woche das Kaufhaus Porter und Sie sparen bis zu 20 % auf alle Küchenartikel. Diesmal im Angebot: Teflonbeschichtete Luxusbratpfanne für nur 7 Dollar.‹ Also, Porter, ich weiß nicht. Wir sind hier doch nicht beim Fernsehen. Na ja, mir kann es ja egal sein.«

Wenig später trafen auch die anderen Spieler ein und waren genauso begeistert von der neuen Ausrüstung. Der Hafenmeister zog sich als Erstes die Gummistiefel aus und probierte die Fußballschuhe. »Na, das ist doch gleich was anderes. Mit den Dingern rutscht der Ball fast von allein ins Tor.« Anschließend liefen sie sich ein paar Runden warm und begannen mit dem Training. Onkel Titus hatte sich am Vormittag ein Buch über Fußballtaktik besorgt und opferte eine halbe Stunde für die Theorie. Er sprach von Viererketten, schnellen Flügelwechseln und Manndeckung.

Diesmal machte die Mannschaft beim Training sogar ein paar Fortschritte. Zumindest rannten nicht mehr alle gleichzeitig zum Ball. In der Pause verteilte Tante Mathilda wieder Getränke und alle freuten sich auf das Spiel am nächsten Tag. Nur Justus blickte immer wieder unruhig zum Bretterzaun, der den Platz von der Straße trennte. Peter bemerkte das. »Just, was hast du?«

»Keine Ahnung, aber ich werde das Gefühl nicht los, als würde uns jemand beobachten. Kommt, wir sehen uns mal unauffällig dort um.« Doch kaum näherten sich die drei dem Bretterzaun, schepperte es dort verdächtig. Dann hörten sie, wie ein Motor angeworfen wurde. Justus rannte in Richtung Toreinfahrt. »Schnell! Ich wette, da will jemand unsere Mannschaftstaktik ausspionieren.«

Justus hatte den richtigen Riecher gehabt. Mit hoher Geschwindigkeit raste ein Motorroller an ihnen vorbei in Richtung Rocky Beach.

»Zu spät«, schimpfte Peter. »Ich konnte den Typen unter seinem Helm nicht erkennen.« Justus lief zu der Stelle, an der sie das Scheppern gehört hatten. Auf dem Boden lag ein herausgebrochenes rotes Plastikteil. Triumphierend steckte er es ein. »Anscheinend ist der Motorroller umgefallen. Hiermit werden wir beweisen können, wer der Spion ist. Und ich bin

mir sicher, wir treffen auf keinen Unbekannten.« Bob nickte. »Das war hundertprozentig Skinny. Was denkt ihr? Wir sollten uns nach dem Training mal in der *Norris' Bar* umsehen, oder?«

Spionagearbeit

»Wo bleibt ihr denn?«, rief Onkel Titus vom Platz. »Wir wollen weitermachen.«

Nach einer Stunde war auch der dritte Trainingstag beendet. Justus, Peter und Bob zogen schnell die Trikots aus und liefen in ihren normalen Sachen zu den Rädern. »Wir fahren nur noch mal kurz weg!«, rief Justus. Sekunden später waren die drei durch die Einfahrt verschwunden.

Allmählich neigte sich die Sonne dem Horizont entgegen und es wurde langsam kühler. Die *Norris' Bar* befand sich in einer schmalen Seitenstraße. Vorsichtig näherten sich die drei ??? der Kneipe. In sicherer Entfernung stellten sie ihre Räder ab und gingen zu Fuß weiter.

Aus den halb geöffneten Fenstern der Bar drang Zigarettenrauch und leise Stimmen waren zu hören. Neugierig liefen sie in geduckter Haltung um das Gebäude herum und erreichten einen kleinen Hinterhof. Plötzlich strahlten Justus' Augen. »Na bitte! Da steht ja der Motorroller. Und seht mal, hier hinten ist das Rücklicht zersplittert. Das Teil von der Straße passt perfekt. Damit ist Skinny zweifelsfrei als Spion entlarvt.«

In zwei Metern Höhe stand ein Fenster weit offen und Peter erkannte die tiefe Stimme von Bud Norris. Leise kletterten sie auf einen Müllcontainer und schoben vorsichtig ihre Köpfe über den Fenstersims.

Sie blickten in ein Hinterzimmer der Bar. Der Raum war voller unrasierter Männer, die Bier trinkend dem Kneipenwirt zuhörten. Bud Norris hatte einen Fußball in der Hand. »Männer, ihr seid alle hier, weil ihr gewinnen wollt. Und warum wollt ihr gewinnen? Weil es dann Freibier gibt. Freibier bis an euer Lebensende. So wahr ich hier stehe: Ich will, dass ihr diese mickrige Mannschaft des EFC plattmacht!«

»Jau!«, rief einer der Männer. Seine Schultern waren so breit wie eine Tür.

»Richtig, Schrankwand! So will ich euch hören!«

»Jau!«, riefen alle im Chor.

»Was wir brauchen, ist keine Taktik. Was wir brauchen, sind Kraft und Masse. Ich hab gehört, jetzt spielen da auch noch so kleine Bengels mit. Passt auf, Kinder sind schnell und wendig. Wenn ihr sie nicht aufhalten könnt, dann rennt sie einfach um. Kleine Kinder und Katzen tun sich nicht weh. Unsere Devise heißt: Ran ans Tor und rein mit der Pille. Kein Wunder, dass Fußball in Amerika nichts wird. Das ist was für Weicheier, Puzzleleger und Joghurtfresser. Wir werden dem EFC zeigen, wie staubiger Boden schmecken kann.«

»Jau!«, riefen wieder alle.

»Gut. Dann haben wir ja fast alles geklärt. Die Positionen sind klar. Schrankwand steht im Tor, Keule, Stinki, Schwabbel und Plattfuß übernehmen die Verteidigung. Um den Sturm kümmern sich Panzer, Bulle, Eierkarl und Ralle. Hab ich einen vergessen?«

»Ja, Papa. Das sind erst neun.« Es war die Stimme von Skinny. Die drei ??? konnten ihn von ihrer Position aus nicht sehen.

»Natürlich sind das erst neun, du Schwachkopf! Denkst du, ich kann nicht zählen? Übrig bleiben du und Penner. Ihr lauft in der Mitte hin und her.«

»Der hat genauso wenig Ahnung vom Trainerjob wie Onkel Titus«, flüsterte Justus und musste grinsen.

»Gut, dann haben wir ja alles besprochen. Freibier für alle!«

»Jau!«

Die Männer prosteten sich gegenseitig zu und sprangen auf die Stühle. Einer warf übermütig eine leere Flasche durch den Raum. Sie flog direkt aus dem Fenster hinaus. Bob konnte gerade noch seinen Kopf einziehen. Vor Schreck rutschte er aber aus und stürzte in einen Haufen alter Blecheimer. Von drinnen ertönte auf einmal die Stimme von Bud Norris: »Still! Da draußen ist was! Los, Skinny – nachgucken! Alle anderen hinterher!«

Jetzt erst bemerkten die drei ???, dass sie sich in einer Sackgasse befanden. Sekunden später stand Skinny breit grinsend vor ihnen. »Papa, ich hab hier ein paar Ratten im Müll entdeckt.«

Nun kamen auch die restlichen Männer in den Hinterhof. Schrankwand schob die anderen beiseite und hob den zitternden Bob wieder auf den Container. »Jau! Bud, dein Sohn hat recht. Es wimmelt hier nur so von Ratten.«

Langsam schob der Kneipenwirt seinen Kopf aus dem Fenster. »Sieh an. Die kleinen Fußballhopser. Das tut man aber nicht – an anderer Leute Fenster lauschen. Wisst ihr, was man früher mit Spionen gemacht hat?« Die drei schüttelten die Köpfe und wagten nicht zu atmen. »Die hat man an den Ohren durch Pferdemist gezogen. Aber ich will mich lieber den Sitten eurer netten Tante anschließen. Wartet hier und lauft nicht weg!«

»Was hat er vor?«, stöhnte Peter.

Lange brauchte er nicht auf eine Antwort zu warten, denn in diesem Moment klatschte den dreien ein Eimer schmutziges Wischwasser ins Gesicht.

Die Männer im Hof johlten. »Los, und jetzt seht zu, dass ihr nach Hause kommt! Morgen ist ein wichtiger Tag – vielleicht euer letzter!«

»Jau!«, kreischte Skinny vor Vergnügen.

So schnell sie konnten, rannten die drei ??? zu den Rädern und fuhren auf dem kürzesten Weg zum Brunnen. Angewidert steckten sie ihre Köpfe in das kristallklare Wasser. »Mann, war das eklig«, prustete Bob.

Fanartikel

Samstag, 15.20 Uhr
Das Spiel war für fünf Uhr am Nachmittag angesetzt. Mittlerweile hatte sich das spannende Match in der ganzen Stadt herumgesprochen. Die ersten Schaulustigen hatten sich bereits auf dem Schrottplatzgelände versammelt und versuchten, die besten Plätze zu ergattern.

Um Punkt vier fuhr ein großer Lastwagen durch das Tor. Auf dem Fahrersitz saß Porter. Mit ihm stiegen noch fünf junge Männer aus. Die drei ??? standen auf der Veranda und beobachteten verwundert das Geschehen. Porter war in seinem Element. »So, alles hört auf mein Kommando! Ihr zwei ladet die Bier- und Saftkisten ab. Ihr beide kümmert euch um den Würstchengrill und du hilfst mir, die Fahnen und Banner aufzuhängen!«

Innerhalb der nächsten Viertelstunde hingen an jeder Ecke des Platzes riesige Stoffbahnen, und bunte Fahnen flatterten im Wind. Auf allen war zu lesen: *›Porters Kaufhaus. Offizieller Sponsor des EFC‹.*

Zufrieden betrachtete Porter den Fußballplatz. Anschließend klappte er die Seitenwand des Lastwagens herunter. Dahinter standen Berge von Kartons. Sofort begannen zwei seiner Helfer, auf langen Tischen Kappen, T-Shirts, Trillerpfeifen, Becher und Socken auszubreiten. Alles war bedruckt mit dem Logo des EFC. Stolz ging Porter anschließend auf die Veranda zu und begrüßte die drei ??? und Onkel Titus. »Tja, das war ein hartes Stück Arbeit. Wir haben die ganze Nacht durchgemacht. Aber es wird sich lohnen. Als Kaufmann muss man schnell reagieren können. Die Bude wird voll werden und ich habe alles, was der Fan begehrt. Leider konnte ich so schnell keine bedruckten Unterhosen mehr auftreiben.«

Onkel Titus schüttelte den Kopf. »Jetzt wird mir langsam klar, was alles in dem Vertrag stand. Egal, unterschrieben ist unterschrieben.«

»Richtig. Und Sie sind ja auch an allen Verkäufen beteiligt. Mit null Komma zwei Prozent. Da kann ganz schön was zusammenkommen. So, ich muss mich wieder ums Geschäft kümmern: Meine Damen und Herren, greifen Sie zu, bevor es ein anderer tut! Nagelneue EFC-Socken für den Fußballfan. Gestern noch acht Dollar dreißig – heute zehn Dollar.«

»Hauptsache, der kann gleich noch Fußball spielen«, murmelte Peter.

Eine halbe Stunde vor Spielbeginn war bis auf den letzten Platz alles besetzt. Lauthals dröhnte jetzt Musik aus riesigen Lautsprechern, die Porter auf dem Lastwagen aufgestellt hatte. Extra für dieses Ereignis hatte er einen Moderator angeheuert. Bob deutete auf den Mann hinterm Mikrofon. »Seht mal, das ist Wolfman. Wisst ihr noch?« Justus und Peter nickten. Sie hatten vor einiger Zeit bei einem Fall miteinander zu tun gehabt.

»Hallo, Freunde! Hallo, Fußballfans! Hier ist euer Wolfman. Macht es euch bequem! Holt euch eine Cola oder eine heiße Wurst! In wenigen Minuten beginnt das Spiel um alles oder nichts.«

Selbst die Zeitung hatte von dem Ereignis berichtet.

Genau fünf Minuten vor Spielbeginn kam der grüne Transporter von Bud Norris auf den Hof gerollt. Die Flügeltüren öffneten sich und zehn große Männer quetschten sich ins Freie. Auch sie trugen

Trikots. *Buds Burger-Tempel* stand in großen Buchstaben darauf geschrieben.

Dann wurde es ernst. Onkel Titus trommelte seine Mannschaft auf dem Platz zusammen.

»Also, vergesst nicht, was ich euch gesagt habe. Jeder bleibt auf seiner Position und rennt nicht sofort zum Ball. Und jetzt los! Wir werden es schaffen!« Sie stellten sich alle im Kreis auf und packten sich an den Händen.

»Ja, wir schaffen das!«, riefen sie im Chor.

Jetzt meldete sich wieder Wolfman zu Wort. »Es ist so weit. Nur noch ein paar Sekunden und dann wird der Schiedsrichter das Spiel anpfeifen.«

Bei diesen Worten wurde Onkel Titus plötzlich leichenblass. »O nein! Ich hab den Schiedsrichter vergessen.«

Langsam wurde es unruhig im Publikum. Bud Norris erkannte die Situation und stellte sich auf die Seitenlinie. »Nun seht euch das an! Hat der doch tatsächlich keinen Schiedsrichter angeheuert. Würde mich nicht wundern, wenn Titus Jonas auch noch seine Unterhose vergessen hat.« Das Publikum johlte.

Hektisch rannte Onkel Titus zu Justus. »So ein Mist! Hast du vielleicht eine Idee?« Nervös sah sich Justus im Publikum um. Plötzlich entdeckte er in einer der vorderen Reihen Randolf Mulligan.

Es dauerte eine Weile, bis sich der Notar dazu überreden ließ. »Also gut. Aber ich sage Ihnen jetzt schon: Als Schiedsrichter werde ich Neutralität wahren. Unparteiisch sozusagen.« Onkel Titus hängte ihm seine Pfeife um und schob den Mann auf den Platz.

Endlich konnte es losgehen. Eine Minute später wurde das Spiel angepfiffen.

Anpfiff

17.11 Uhr

Die Mannschaft von Bud Norris eröffnete das Spiel mit einem gewaltigen Schuss von Panzer, dem Stürmer. Der Ball flog aber so weit über den Zaun, dass ein neuer Ball genommen werden musste. Justus bereitete den Torwartabstoß vor. Er legte sich den Ball zurecht und trat das Leder direkt zu Bob. Bob rannte los, ließ gleich zwei Gegner hinter sich und flankte zu Reynolds. Dieser verlängerte zu Peter, der sich vor dem Strafraum freispielen konnte.

»Schieß doch!«, brüllte Onkel Titus über den Platz und das Publikum sprang von den Reifenstapeln auf. Doch bevor Peter zum Schuss kam, wurde er von hinten einfach überrannt und landete im Staub.

»Bravo, Plattfuß!«, grölte Bud Norris. Mulligan unterbrach sofort das Spiel und hob Peter wieder auf die Beine. »Alles klar bei dir, Junge?« Peter wischte sich übers Gesicht. »Alles klar. Das war ein dickes Foul.«

Der EFC bekam einen Freistoß, den Peter ausführen durfte. Doch vor ihm befand sich die gesamte

Mannschaft von Bud Norris und bildete eine unüberwindbare Mauer. Dahinter stand Schrankwand und füllte fast das gesamte Tor aus.

»Bob, wie soll ich das schaffen?«, flüsterte er.

»Keine Ahnung. Schieß einfach voll drauf!«

Das tat Peter und es gelang ihm tatsächlich, den Ball an der Mauer vorbeizuschaufeln. Doch bei Schrankwand war Schluss. Der Mann brauchte sich gar nicht zu bewegen. Der Ball prallte einfach an seiner Schulter ab.

Jetzt waren die anderen am Zug. Mit einem steilen Pass schickte Schrankwand Skinny Norris ins

Rennen. Auf gleicher Höhe rannten alle anderen auf das Tor des EFC zu. Justus hatte das Gefühl, ihm würde eine Herde Büffel entgegenkommen. Bob versuchte noch, sich ihnen entgegenzustellen, doch er wurde einfach überrannt. Skinny gab ab zu Eierkarl und dieser verwandelte den Ball zum 1 : 0.

Wolfman spielte Musik ab. »Der erste Treffer für Buds Burger-Tempel in der fünften Spielminute. Torschütze: Eierkarl!« Die Menge jubelte.

Der Hafenmeister führte den nächsten Anstoß aus. Diesmal kam die Büffelherde auf ihn zugerannt. Ängstlich gab er ab zu Reynolds, dieser spielte nach hinten zu Porter, Porter kickte den Ball schließlich zu Bob.

Onkel Titus sprang wütend aus seinem Trainerstuhl auf. »Mann! Ihr sollt nach vorn schießen. Dahinten ist *unser* Tor!«

Bob wusste nichts anderes mit dem Ball anzufangen, als ihn sicher ins Seitenaus zu befördern. Den anschließenden Einwurf machte Skinny Norris und fast alle Spieler der gegnerischen Mannschaft standen jetzt im Strafraum des EFC. Justus sah nur Beine und wurde fast zerquetscht. Selbst der Schiedsrichter konnte in dem Gewühl kaum erkennen, was vor sich ging. In hohem Bogen kam der eingeworfene Ball auf Justus zu. Er versuchte, ihn noch wegzufausten, doch Bulle und Ralle stellten sich jeweils auf einen seiner Füße. Mulligan bekam davon nichts mit und Justus stand wie angenagelt im Strafraum. Der Ball flog direkt von Skinnys Hand ins Netz.

»Papa! Ich hab ein Tor geschossen! Hast du das gesehen?«

»Quatsch! Du hast es geworfen. Aber egal. Tor ist Tor. Guter Junge.« Skinny strahlte.

»In der neunten Spielminute Treffer Nummer zwei für Buds Burger-Tempel. Torschütze: Skinny Norris!« Diesmal war der Applaus schon verhaltener.

So lief das Spiel vorerst weiter. Zur Halbzeitpause stand es 4 : 0 gegen den EFC.

Onkel Titus hatte hinter seinem Schuppen ein Zelt für die Mannschaftsbesprechung aufgestellt. Alle hockten erschöpft auf dem Boden und sprachen kein Wort. Kommissar Reynolds nahm zum ersten Mal seine Dienstmütze ab. »Das Spiel können wir vergessen. Es ist leichter, gegen eine Horde Elefanten zu kämpfen. Mir tun alle Knochen weh.« Den anderen ging es nicht viel besser. Von dem Aufdruck auf ihren T-Shirts war vor lauter Staub fast nichts mehr zu erkennen. Nur Porter schien bester Laune. Immer wieder warf er einen Blick nach draußen. »Ich weiß gar nicht, was ihr habt? Läuft doch alles wie geschmiert – am Wurststand jedenfalls.«

Auf dem Platz feierten die Gegner anscheinend schon ihren Sieg. Bud Norris besorgte den Spielern sogar eine Palette Dosenbier.

Justus zog sich seine Handschuhe aus. »Das kann

doch nicht sein, dass wir keine Chance gegen einen Haufen Bierbäuche haben!«, begann er plötzlich. »Wir müssen sie ausspielen. Peter ist schneller als alle zusammen. Wir brauchen gute Kombinationen. Vom Mittelfeld über die Flanken und rein ins Tor. So, wie wir es im Training geübt haben.« Peter schüttelte den Kopf. »Das nützt nichts. Wenn ich mal durchkomme, dann steht dort Schrankwand und macht den Laden zu. Da bekomme ich nicht mal einen Tischtennisball dazwischen.« Jetzt stand Onkel Titus auf. »Justus hat recht. Wir sind denen taktisch überlegen. Wir lassen sie sich einfach totrennen. Schnelle Wechsel über die Flügel. Spielt euch frei und lasst den Gegner erst gar nicht an euch rankommen! Hinten dichtmachen und überraschend kontern.«

In seiner Hosentasche steckte immer noch das Buch über Fußballtaktik. »So, und jetzt denkt daran, was ich euch gesagt habe. Wir müssen gewinnen!«

Zweite Halbzeit

Kampfeslustig liefen alle aus dem Zelt und das Publikum applaudierte aufmunternd. Tante Mathilda brachte eine große Kanne Saft und stellte sie neben die Trainerbank. »Ich drück euch die Daumen!«, rief sie.

»Meine Damen und Herren. Willkommen zur zweiten Halbzeit des EFC gegen Buds Burger-Tempel. In wenigen Sekunden wird Schiedsrichter Randolf Mulligan das Spiel anpfeifen. Halbzeitstand: 4 : 0 gegen die Gastgeber.«

Diesmal hatte der EFC Anstoß. Peter legte sich den Ball zurecht und gab ab zu Reynolds. Sofort schlug dieser einen Pass zu Ernesto Porto. Skinny und die gesamte Mannschaft jagten ihm entgegen. Doch Porto legte sich nach hinten und lupfte den Ball über alle hinweg auf die andere Seite. Die Horde Elefanten drehte sich um und rannte in die Gegenrichtung. Dort stand Atkins, stoppte das Leder mit der Brust und spielte steil in die Mitte. Peter war jetzt frei und sprintete auf den Ball zu. Verwundert glotzte Schrankwand ihn an. Er hatte immer noch eine Bierdose in der Hand. Dann zog Peter ab und knallte das Leder ins obere Eck. Tor!!! Jubelnd sprang die Menge auf und der gesamte EFC rannte begeistert auf Peter zu. Onkel Titus ballte die Faust. »Genau so weitermachen!«

»In der achtundvierzigsten Spielminute: Treffer des EFC zum 4 : 1. Ausgeführt von Peter Shaw.«

Die Taktik schien aufzugehen. Der EFC ließ die Burger-Meute im Zickzack über den Platz laufen. Schon bald mussten sich einige von ihnen erschöpft an die Seitenlinie setzen.

»Was ist los?«, brüllte Bud Norris wütend. »Nicht schlappmachen! Schrankwand, stell das Bier weg!«

Doch der EFC war nicht mehr zu bremsen. Wieder spielte sich Peter frei. Doppelpass zu Porto, Porto auf Reynolds und zurück zu Peter. Tor!!!

»Nur noch 2 : 4 gegen den EFC. Torschütze wieder Peter Shaw.«

Langsam wurde Bud Norris nervös. Diesmal dribbelte Bob bis an die Mittellinie. Skinny versuchte, ihm den Ball abzujagen, doch er stolperte über seine eigenen Füße und landete im Staub. Neben Bob lief jetzt Porter mit, Porter bekam den Ball und hob ihn mit der Hacke über Schwabbel, Peter verlängerte mit dem Kopf direkt vor die Torlinie und Kommissar Reynolds brauchte nur noch seinen Fuß hinzuhalten. 3 : 4!!!

»Anschlusstreffer von Samuel Reynolds in der zweiundsechzigsten Spielminute.«

Fast erschrocken über sich selbst riss der Kommissar die Arme hoch und lief anschließend eine Ehrenrunde über den Platz.

Bud Norris gefiel das überhaupt nicht und er rannte hin und her. Beim nächsten Anstoß ging er kurz zu Onkel Titus. »He, Jonas! Was hast du denen eingetrichtert? Freu dich nicht zu früh!« Dann verschwand er wieder in seine Ecke.

Auf dem Platz hatte gerade Porter den Ball ergattert und preschte davon. Doch er gab zu spät ab und wurde von Panzer umgerannt. Mit schmerzverzerrtem Gesicht blieb Porter auf dem Boden liegen. Tante Mathilda lief zu ihm und legte im einen nassen Schwamm aufs dicke Knie. Die anderen Spieler des EFC nutzten die Gelegenheit und tranken Saft aus der Karaffe bei der Trainerbank.

Bud Norris zündete sich derweil eine Zigarette an. »So ist's richtig. Man muss beim Sport immer viel trinken«, murmelte er vor sich hin.

Dann ging das Spiel weiter. Doch jetzt schien sich die Technik der Gegner geändert zu haben. Sie blieben einfach erschöpft im eigenen Strafraum stehen und es gab kein Durchkommen mehr. Peter war in Ballbesitz und sah sich ratlos um.

Plötzlich grummelte es in seinem Magen und er fasste sich an den Bauch.

»Peter, was ist los?«, fragte Bob.

»Keine Ahnung, mir ist so ... so, als müsste ich schnell auf die Toilette rennen.« Das tat er auch und verschwand im Haus der Jonas'.

Randolf Mulligan ließ das Spiel weiterlaufen. Keine der beiden Mannschaften hatte Auswechselspieler. Kurz darauf bekam der Hafenmeister das gleiche Problem. »Verdammt! Hab ich alten Fisch gegessen?« Jetzt waren vom EFC nur noch neun Spieler auf dem Platz.

»Was geht hier vor?«, fragte Onkel Titus verwundert.

Kaum war Peter wieder da, musste Reynolds auf die Toilette. An ein vernünftiges Spiel war nicht mehr zu denken. In den nächsten Minuten erging es allen Spielern des EFC ebenso und sie wechselten sich auf dem Klo ab. Tore schoss jetzt keine der beiden Mannschaften mehr.

Nach neunzig Minuten wurde das Spiel beim Stand von 4 : 3 gegen den EFC beendet.

Schnell löste sich die Menge auf und hinterließ einen Haufen Müll aus Pappbechern und Bierdosen. Die Jubelfeier der Gegner fiel kurz aus. Müde und kraftlos trotteten sie zum Lieferwagen und fuhren davon.

Auf dem Spielfeld saßen jetzt nur noch die Spieler vom EFC. Alle außer Porter hatten Bauchschmerzen und wollten so schnell wie möglich nach Hause.

»Merkwürdig«, murmelte Justus. »Das kann kein Zufall sein.«

Erst spät am Abend ging es ihm wieder besser. Zusammen saßen sie alle auf der Veranda. Tante Mathilda hatte die leeren Gläser von der Trainerbank abgeräumt und kam mit der fast leeren Saftkaraffe zu ihnen. »Will noch jemand einen Schluck?«

In diesem Moment wurde Justus alles klar. »Warte. Mit dem Saft stimmt etwas nicht. Jeder, der davon getrunken hat, musste plötzlich dringend auf die Toilette rennen. Nur Porter hat nichts getrunken. Der lag nach dem Foul auf dem Platz.«

»Stimmt«, nickte Onkel Titus aufgeregt. »Jemand muss da was reingetan haben. Ganz sicher Bud Norris. Ich hab mich schon gewundert, warum der plötzlich bei mir rumschlich. Seht mal, auf dem Saft schwimmen auch so kleine Fettaugen.«

Die drei ??? rannten zur Trainerbank und suchten die Stelle ab. Schnell wurden sie fündig. Trium-

phierend hielt Bob ein kleines Apothekerfläschchen in die Luft. »Hier, ich hab was. Da steht ›Rizinusöl‹ drauf.« Tante Mathilda schlug die Hände über dem Kopf zusammen. »Dann wird mir alles klar. Rizinusöl hat stark abführende Wirkung.«

»Abführende Wirkung?«, fragte Peter.

»Ja, man muss schnell auf die Toilette.«

Onkel Titus war stinksauer. »So ein Schwein! Kaum hat Bud gemerkt, dass seiner Mannschaft die Puste ausgeht, greift er zu solchen Mitteln. Widerlich.« Mit diesen Worten verschwand er im Haus und Tante Mathilda ging schnell in die Küche, um den Rest aus der Karaffe wegzuschütten.

Justus hingegen beugte sich zu Peter und Bob. »Was die können, das können wir schon lange. Wir treffen uns morgen früh in der Kaffeekanne. Ich habe einen Plan.«

Finale

Sonntag, 9.15 Uhr

Justus war der Erste, der mit seinem Rad die Kaffeekanne erreichte. Man musste ein paar Kilometer die Küstenstraße entlangfahren und dann in einen schmalen Seitenweg einbiegen. Die *Kaffeekanne* war der geheime Treffpunkt der drei ??? und in Wirklichkeit ein ausgedienter Wassertank. Von Weitem sah er aus wie eine riesengroße Kanne. Jetzt war er leer und es passten bequem drei Leute und jede Menge Detektivausrüstung hinein. Bepackt mit einem Sack kletterte Justus die Eisenstufen empor. Wenig später trafen auch seine beiden Freunde ein.

»Also, Just«, begann Bob neugierig. »Erzähl! Was hast du vor?«

»Wir müssen uns auf das Spiel heute besser vorbereiten. Wer weiß, welche fiesen Tricks Bud Norris noch auf Lager hat. Wir werden es aber genauso machen.«

»Willst du denen etwa auch dieses Rizinusöl ins Bier schütten?«

»Quatsch! Wir werden ein bisschen an dem Ball herumbasteln. Wenn es eng wird, vielleicht bei einem Elfmeter, können wir den einsetzen.« Bob nahm einen von Porters Bällen in die Hand. »Wir könnten einen Silvesterknaller darin verstecken.« Doch Peter nahm ihm den Ball wieder ab. »Unsinn. Was ist, wenn wir ihn aufschneiden und einen runden Stein reinpacken? Daran beißt sich Schrankwand die Zähne aus.« In der Kaffeekanne fand sich nur eine Säge und die drei begannen damit, den ersten Ball in der Mitte zu zerteilen. Nach wenigen Minuten legte

Justus die Säge wieder weg. »Vergiss es. Den kriegen wir danach niemals mehr zusammengeflickt. Wartet, ich habe eine bessere Idee.«

Aus einer Kiste kramte er eine große Tube Alleskleber. »Also, ein Ball fliegt nur schön gerade, wenn er gleichmäßig rund und schwer ist. Klebt man irgendwas an die Seite, fängt er in der Luft fürchterlich an zu eiern. Kein Mensch kann so ein Geschoss fangen – auch Schrankwand nicht.«

Dann nahm Justus die Tube und drückte den Inhalt komplett in das Ventil. »So, jetzt brauchen wir nur noch etwas zu warten. Das Zeug klebt von innen genau hier an dieser Stelle. Am besten, ich markiere den Ball mit einem Kreidestrich. Vielleicht können wir den heute noch gebrauchen.«

16.55 Uhr

Der große Moment war gekommen. Diesmal waren noch mehr Menschen im Publikum. Porters Fanartikel waren schon seit einer halben Stunde ausverkauft. »Jetzt kann eigentlich nichts mehr schiefgehen«, strahlte er im Trainerzelt. Onkel Titus sah ihn wütend an. »Sie sind gut. Wenn wir verlieren, kann ich heute noch die Koffer packen. Also, bitte strengt euch an! Es geht um alles oder nichts. Bud Norris darf das Grundstück nicht bekommen – ich zähle auf euch!«

Mit diesen Worten lief der EFC auf den Platz ein. Alle Zuschauer standen auf und applaudierten. Die Mannschaft von Bud Norris war noch bei den Aufwärmübungen. Diesmal hatte keiner Bier in der Hand, dafür trug jeder von ihnen zwei breite schwarze Striche aus Schminke neben der Nase. Sie sahen noch gefährlicher aus als sonst. Onkel Titus kratzte sich am Hals. »Es scheint so, als hätten die sich diesmal besser vorbereitet.«

17 Uhr, Anstoß

Seine Vermutung wurde bestätigt. Die gegnerische Mannschaft verteilte sich auf dem Spielfeld und es war nicht mehr so leicht durchzukommen. Peter hatte zwei gute Schussmöglichkeiten, doch diesmal hielt Schrankwand einfach alles.

Die Minuten vergingen und es wurde um jeden

Ball gekämpft. Mit hochrotem Gesicht stand Bud Norris am Spielfeldrand und gab laut schreiend Anweisungen. Zur Halbzeit stand es immer noch 3:4. Die Tore wurden aus dem ersten Spiel weitergezählt.

Plötzlich zogen dichte Wolken am Himmel auf und es geschah, was sonst selten in Kalifornien passierte: Es begann, wie aus Eimern zu schütten. Dem Spiel tat das keinen Abbruch und die Zuschauer verfolgten gespannt jeden Ballwechsel. Drei Minuten vor Schluss köpfte Peter nach einer präzisen Flanke von Bob das Leder direkt aufs Tor. Schrankwand hob seine tellergroßen Hände, doch Skinny sprang dazwischen, wollte retten und schob den Ball mit der Schulter an Schrankwand vorbei ins Netz.

»Du Idiot! Eigentor!«, brüllte sein Vater wütend.

Jetzt stand es 4:4. Die Gegner hatten Anstoß, vielleicht der letzte Spielzug. Schwabbel scheiterte an Porter, Porter zu Bob, Bob gab ab an Reynolds. Reynolds hätte schießen können, preschte aber weiter nach vorn, suchte den freien Mann und schickte Atkins. Dieser nahm den Ball, ließ Keule hinter sich und verlängerte an Peter. Peter stand frei, stoppte den Ball in der Luft, holte zum Schuss aus – und wurde von Skinny brutal gefoult. Ein lauter Pfiff war zu hören. Mulligan zeigte auf den Elfmeterpunkt und Skinny schoss wütend den Ball über den Zaun. Stille im Publikum. Peter selbst sollte den Elfer ausführen. Es regnete in Strömen. Plötzlich kam Justus mit einem neuen Ball angelaufen und blinzelte Peter zu. Dieser legte sich das Leder zurecht und sah dabei Schrankwand direkt in die Augen. Er nahm Anlauf, schoss – und ballerte die Kugel unter die Latte. Tor, 5:4. Abpfiff. Der EFC hatte das Spiel gewonnen!!!

Jetzt war die Menge nicht mehr zu halten. Onkel Titus rannte auf den Platz und alle schmissen sich zusammen auf Peter. »Was für ein Tag! Der Schrottplatz ist zurückerobert, und das für alle Zeiten.« Tränen liefen über Onkel Titus' Gesicht und vermischten sich mit dem Regen. Anschließend lief die Siegermannschaft eine Ehrenrunde über den Platz, während Skinny an den Ohren weggezogen wurde.

Justus und Bob hatten Peter untergehakt. Er konnte es immer noch nicht fassen. »Just, ohne deinen Klebeball hätte ich das Ding nie an Schrank-

EFC
ROCKY
BEACH

wand vorbeidonnern können«, keuchte er atemlos. Justus schüttelte seine nassen Haare. »Vergiss den Klebeball, Peter. Das war ein ganz normaler Ball. Du hast Schrankwand ohne Tricks besiegt!«

»Wieso, und was war mit der Kreidemarkierung?«

»Weißt du was? Die ist beim Regen abgegangen. Ich hab bei den vielen Bällen von Porter danebengegriffen!«

Die drei mussten so laut lachen, dass sie über ihre eigenen Füße stolperten und in einer großen Pfütze landeten. Pitschnass sahen sich Justus, Peter und Bob an – es war der glücklichste Tag ihres Lebens.

STECKBRIEF
Name:
Justus Jonas
Alter:
10 Jahre
Adresse:
Rocky Beach, USA
was ich mag:
essen, lesen, unbeantwortete
Fragen + Rätsel aller Art, Schrott
was ich nicht mag:
wenn ich Pummelchen
werde, für Tante Mathilda
was ich mal werden will:
Kriminologe
Kennzeichen:
das weiße Fragezeichen

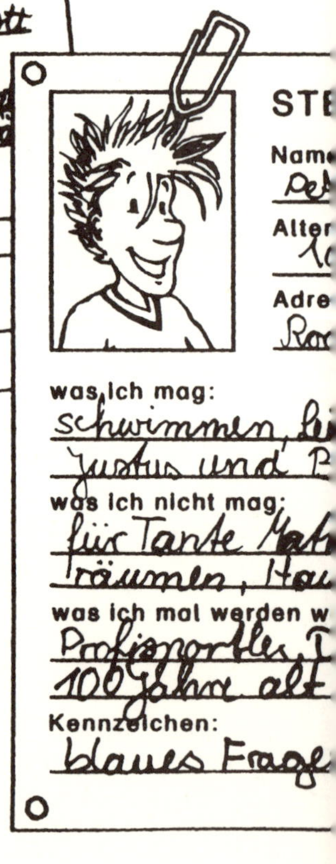
was ich mag:
schwimmen,
Justus und
was ich nicht mag:
für Tante
räumen,
was ich mal werden
100 Jahre alt
Kennzeichen:
blaues

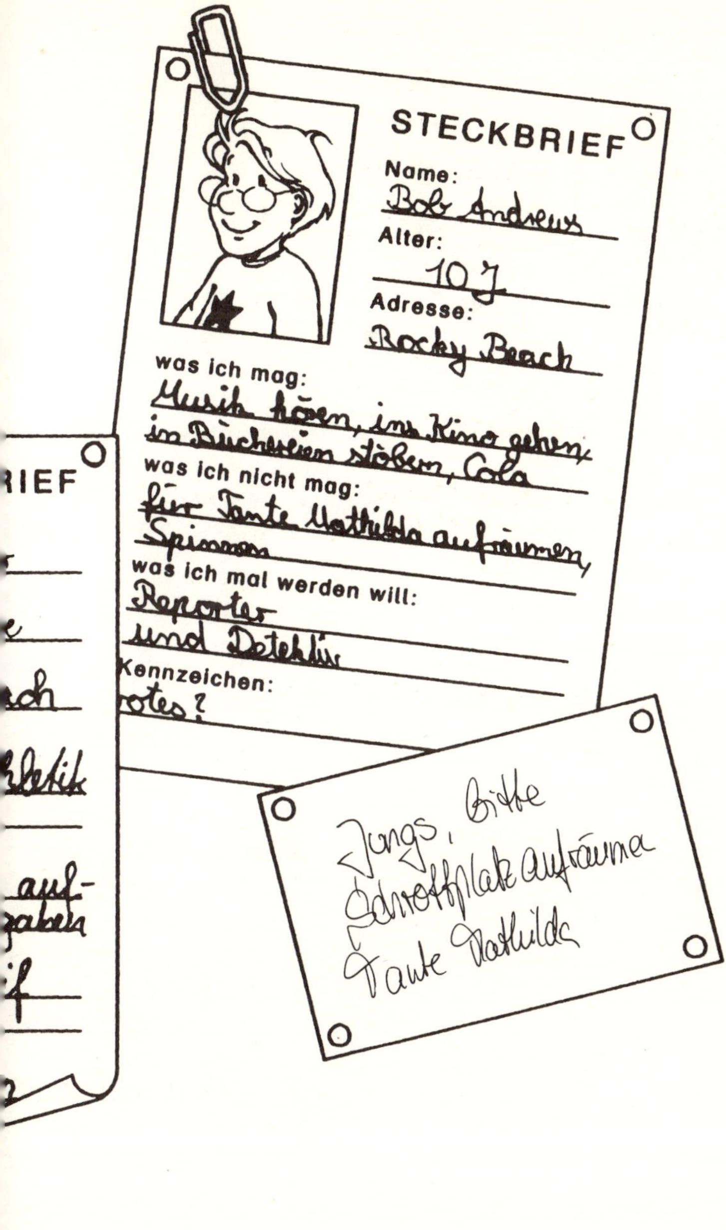
STECKBRIEF
Name:
Bob Andrews
Alter:
10 J.
Adresse:
Rocky Beach
was ich mag:
Musik hören, ins Kino gehen, in Büchereien stöbern, Cola
was ich nicht mag:
für Tante Mathilda aufräumen, Spinnen
was ich mal werden will:
Reporter und Detektiv
Kennzeichen:
Jungs, Bitte Schrottplatz aufräumen
Tante Mathilda